WITHDRAWN

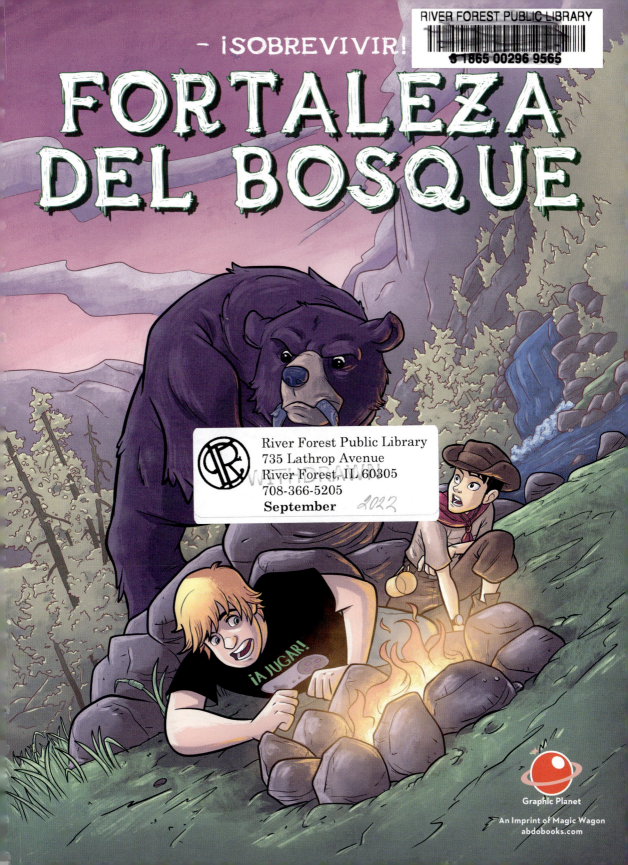

– ¡SOBREVIVIR!

FORTALEZA DEL BOSQUE

Graphic Planet

An Imprint of Magic Wagon
abdobooks.com

abdobooks.com

Published by Magic Wagon, a division of ABDO, PO Box 398166, Minneapolis, Minnesota 55439.
Copyright © 2022 by Abdo Consulting Group, Inc. International copyrights reserved in all countries.
No part of this book may be reproduced in any form without written permission from the publisher.
Graphic Planet™ is a trademark and logo of Magic Wagon.

Printed in the United States of America, North Mankato, Minnesota.
092021
012022

Written by Bill Yu
Translated by Brook Helen Thompson
Illustrated by Thiago Vale and Yonami
Colored by Dal Bello
Lettered by Kathryn S. Renta
Editorial supervision by David Campiti
Packaged by Glass House Graphics
Art Directed by Christina Doffing
Editorial Support by Tamara L. Britton
Translation Design by Pakou Moua

Library of Congress Control Number: 2021939518

Publisher's Cataloging-in-Publication Data

Names: Yu, Bill, author. | Vale, Thiago, and Yonami; illustrators.
Title: Fortaleza del bosque/ by Bill Yu; illustrated by Thiago Vale, and Yonami
Other title: Forest fortitude. Spanish
Description: Minneapolis, Minnesota : Magic Wagon, 2022. | Series: ¡Sobrevivir!
Summary Jason's totally wired. An online gamer, he's always on his phone and posts everything to
    social media. When he arrives at Camp Elphick, he lets everyone know he's not interested in nature.
    But then he and his safety partner Ezra fall in a river attempting to take a selfie, and then end up lost
    in the woods. Can they survive?
Identifiers: ISBN 9781098232825 (lib. bdg.) | ISBN 9781644947524 (pbk.) | ISBN 9781098233020
    (ebook)
Subjects: LCSH: Summer camps--Juvenile fiction. | Technology and youth--Juvenile fiction. | Water
    safety--Juvenile fiction. | Friendship--Juvenile fiction. | Wilderness survival--Juvenile fiction. | Survival
    skills--Juvenile fiction.
Classification: DDC 741.5--dc23

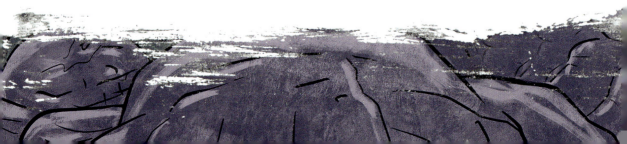

TABLA DE CONTENIDO

Historias reales de
sobrevivencia

Nunca sabes cuándo necesitarás habilidades de sobrevivencia al aire libre. ¡A veces estarás preparado, otras veces no!

Problema doble

Todd Orr era un experto explorador. En el otoño de 2016, estaba haciendo senderismo en Montana cuando vio un oso grizzly y sus oseznos. Había estado echando gritos para evitar asustar a los osos. Pero éste no hizo caso a sus advertencias. La madre oso lo vio e inmediatamente cargó. Usó su aerosol contra osos, un repelente de pimienta, que normalmente funciona. Pero el oso grizzly lo ignoró y saltó encima de él, mordiendo su cabeza y brazos. Después de decidir que no era una amenaza, el oso dejó de atacar. Ella y sus oseznos se fueron al bosque. ¡Pero mientras Todd regresaba a su carro, el oso volvió y lo atacó de nuevo! Mordió su brazo y hombro y incluso se abalanzó encima de él. Los gritos no funcionaron. El aerosol contra osos no funcionó. Sin embargo, Todd sabía agacharse, enroscarse, y cubrirse la nuca y los órganos vitales. ¡Incluso logró mantener la calma (más o menos)! ¡Esa combinación por fin funcionó y sobrevivió para contar la historia!

Fuera del avión y a la selva

Juliane Koepcke era una adolescente en
Nochebuena de 1971 cuando el avión
en el que viajaba fue alcanzado por un
rayo. El avión se estrelló. Ella era la única
sobreviviente. ¡Fue un milagro que ella
sobrevivió! Pero para empeorar la situación,
había aterrizado en la selva amazónica.
Juliane tenía una clavícula rota y muchos
moretones. Fue picada por insectos y
las picaduras se infectaron. Sólo tenía

un poco de dulces para comer. Juliane bebió agua de un arroyo para evitar
que se deshidratara. Luego siguió el agua río abajo hasta que encontró
una civilización. Logró sobrevivir por 11 días antes de encontrar ayuda.
Sorprendentemente, su experiencia en la Amazonía no la desanimó de
la naturaleza. ¡Más tarde se convirtió en una científica investigadora
de animales.

Niño pequeño, gran aventura

En septiembre de 2016, un niño de tres años
Tserin Dopchut estaba jugando afuera cuando
desapareció en el bosque Siberiano de Rusia.
Su familia estaba aterrorizada por los peligros
de los lobos, los osos, y la temperatura fría. La
gente de su pueblo buscó a Tserin, pero no pudo
encontrarlo. Tres días después, oyó a su tío llamar
su nombre y se reunió con su familia. ¿Cómo
sobrevivió? Había comido un poco de chocolate
que tenía en el bolsillo y había dormido bajo un

árbol para mantenerse seco. Lo primero que pidió no fue comida, agua, ni un
abrigo caliente. ¡Fue su coche de juguete!

FORTALEZA DEL BOSQUE

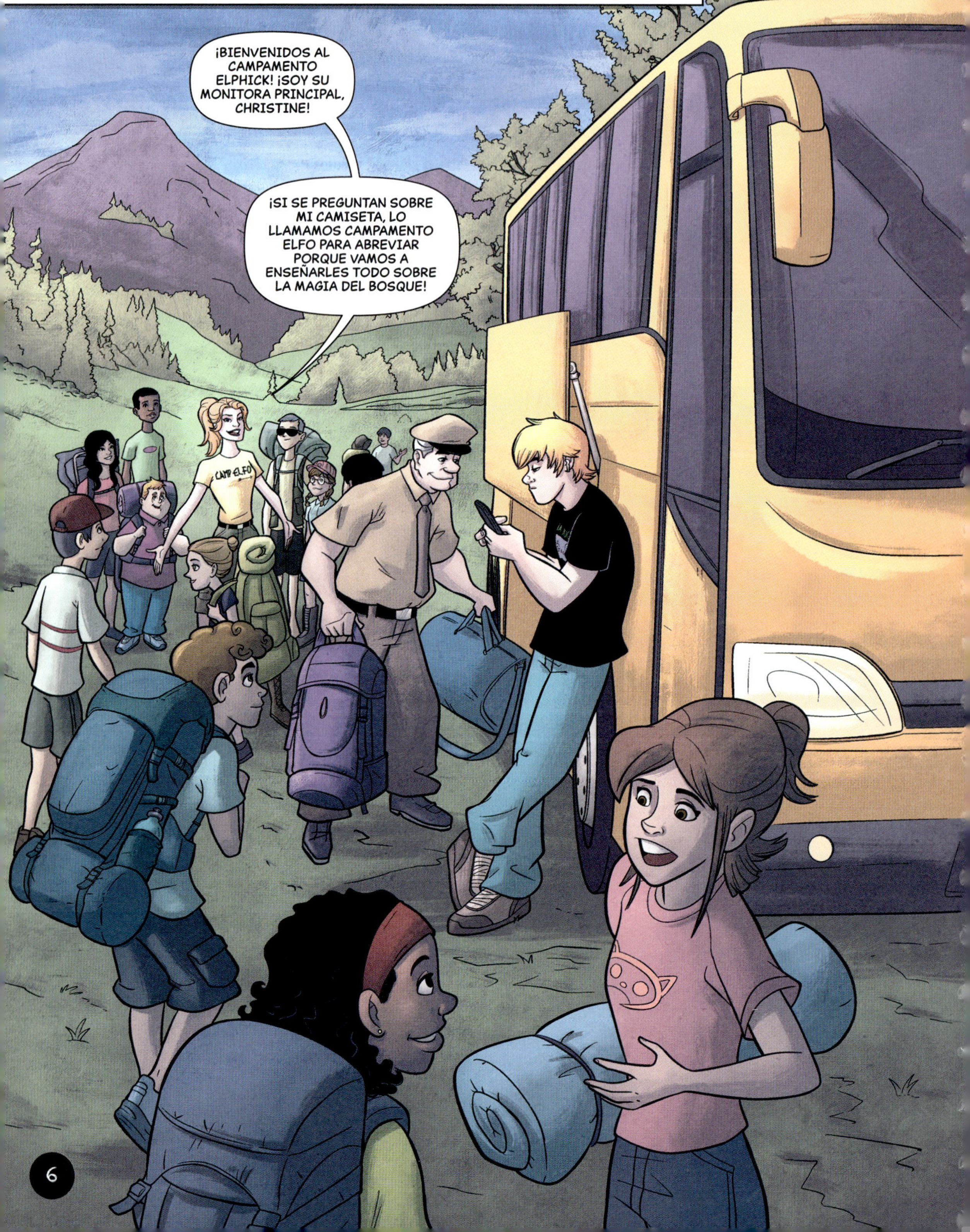
¡BIENVENIDOS AL CAMPAMENTO ELPHICK! ¡SOY SU MONITORA PRINCIPAL, CHRISTINE!
¡SI SE PREGUNTAN SOBRE MI CAMISETA, LO LLAMAMOS CAMPAMENTO ELFO PARA ABREVIAR PORQUE VAMOS A ENSEÑARLES TODO SOBRE LA MAGIA DEL BOSQUE!
CAMP ELFO

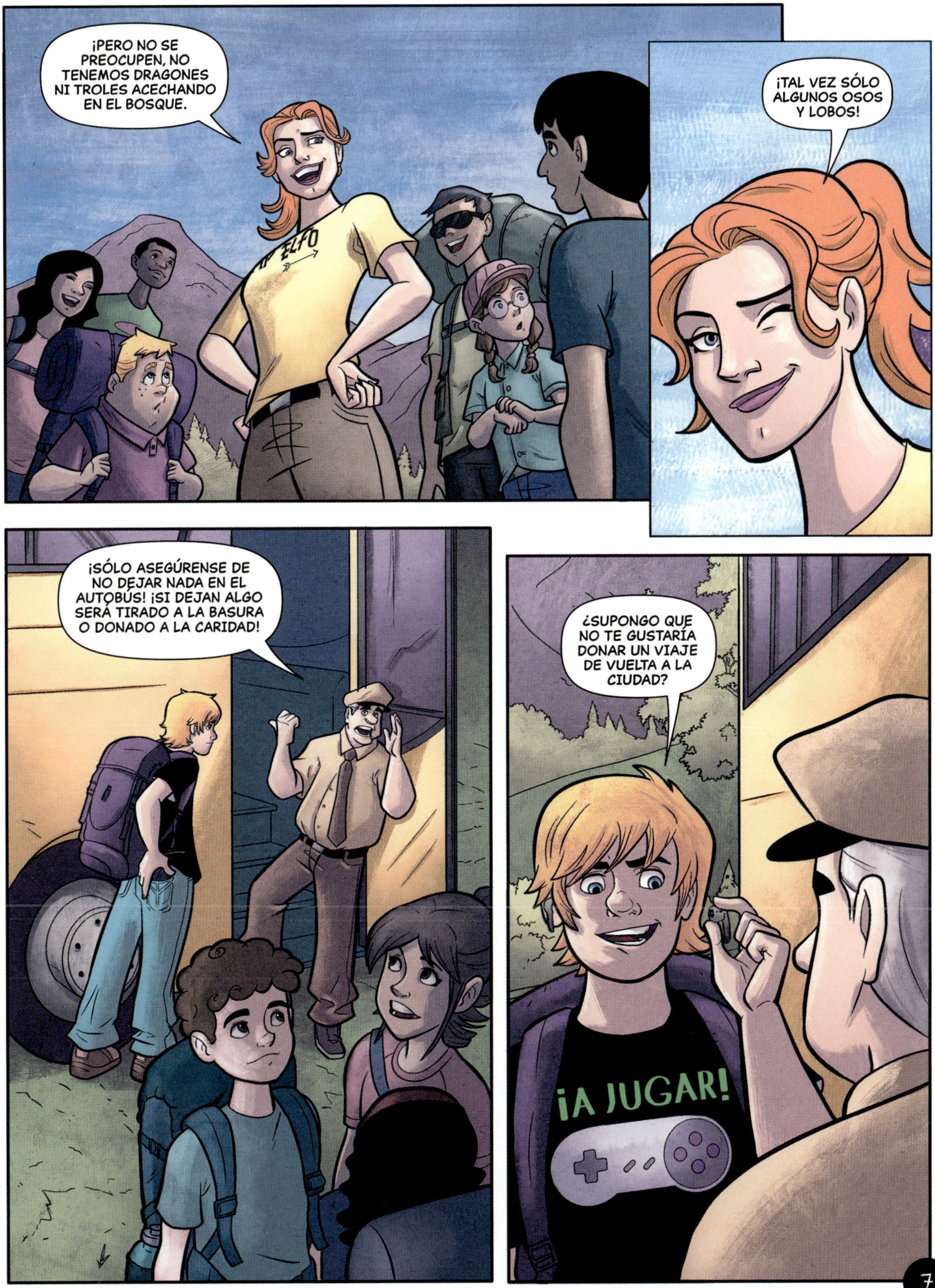
¡PERO NO SE PREOCUPEN, NO TENEMOS DRAGONES NI TROLES ACECHANDO EN EL BOSQUE.
¡TAL VEZ SÓLO ALGUNOS OSOS Y LOBOS!
¡SÓLO ASEGÚRENSE DE NO DEJAR NADA EN EL AUTOBÚS! ¡SI DEJAN ALGO SERÁ TIRADO A LA BASURA O DONADO A LA CARIDAD!
¿SUPONGO QUE NO TE GUSTARÍA DONAR UN VIAJE DE VUELTA A LA CIUDAD?
¡A JUGAR!

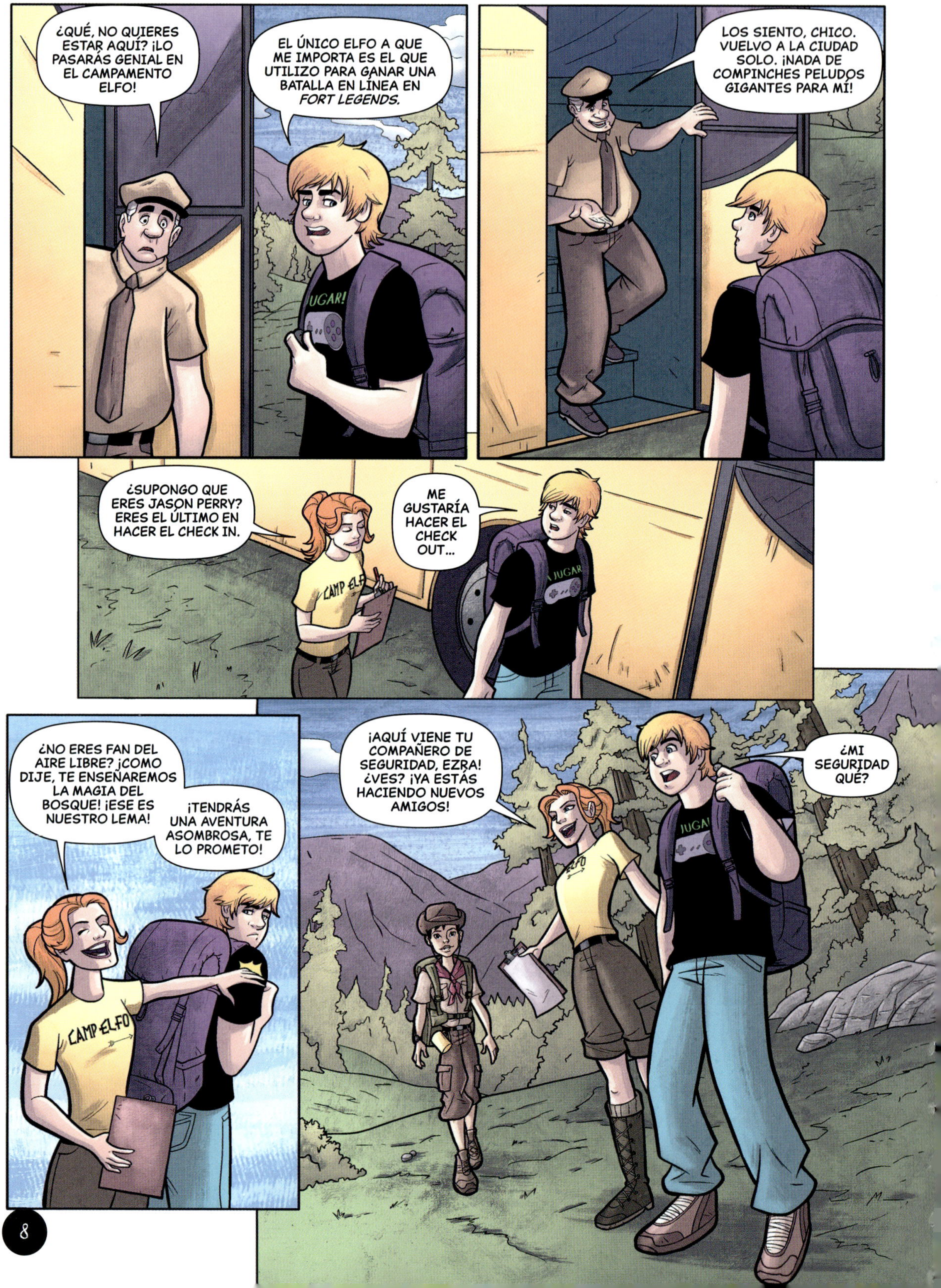
¿QUÉ, NO QUIERES ESTAR AQUÍ? ¡LO PASARÁS GENIAL EN EL CAMPAMENTO ELFO!
EL ÚNICO ELFO A QUE ME IMPORTA ES EL QUE UTILIZO PARA GANAR UNA BATALLA EN LÍNEA EN *FORT LEGENDS.*
JUGAR!
LOS SIENTO, CHICO. VUELVO A LA CIUDAD SOLO. ¡NADA DE COMPINCHES PELUDOS GIGANTES PARA MÍ!
¿SUPONGO QUE ERES JASON PERRY? ERES EL ÚLTIMO EN HACER EL CHECK IN.
ME GUSTARÍA HACER EL CHECK OUT...
CAMP ELFO
¿NO ERES FAN DEL AIRE LIBRE? ¡COMO DIJE, TE ENSEÑAREMOS LA MAGIA DEL BOSQUE! ¡ESE ES NUESTRO LEMA!
¡TENDRÁS UNA AVENTURA ASOMBROSA, TE LO PROMETO!
CAMP ELFO
¡AQUÍ VIENE TU COMPAÑERO DE SEGURIDAD, EZRA! ¿VES? ¡YA ESTÁS HACIENDO NUEVOS AMIGOS!
¿MI SEGURIDAD QUÉ?

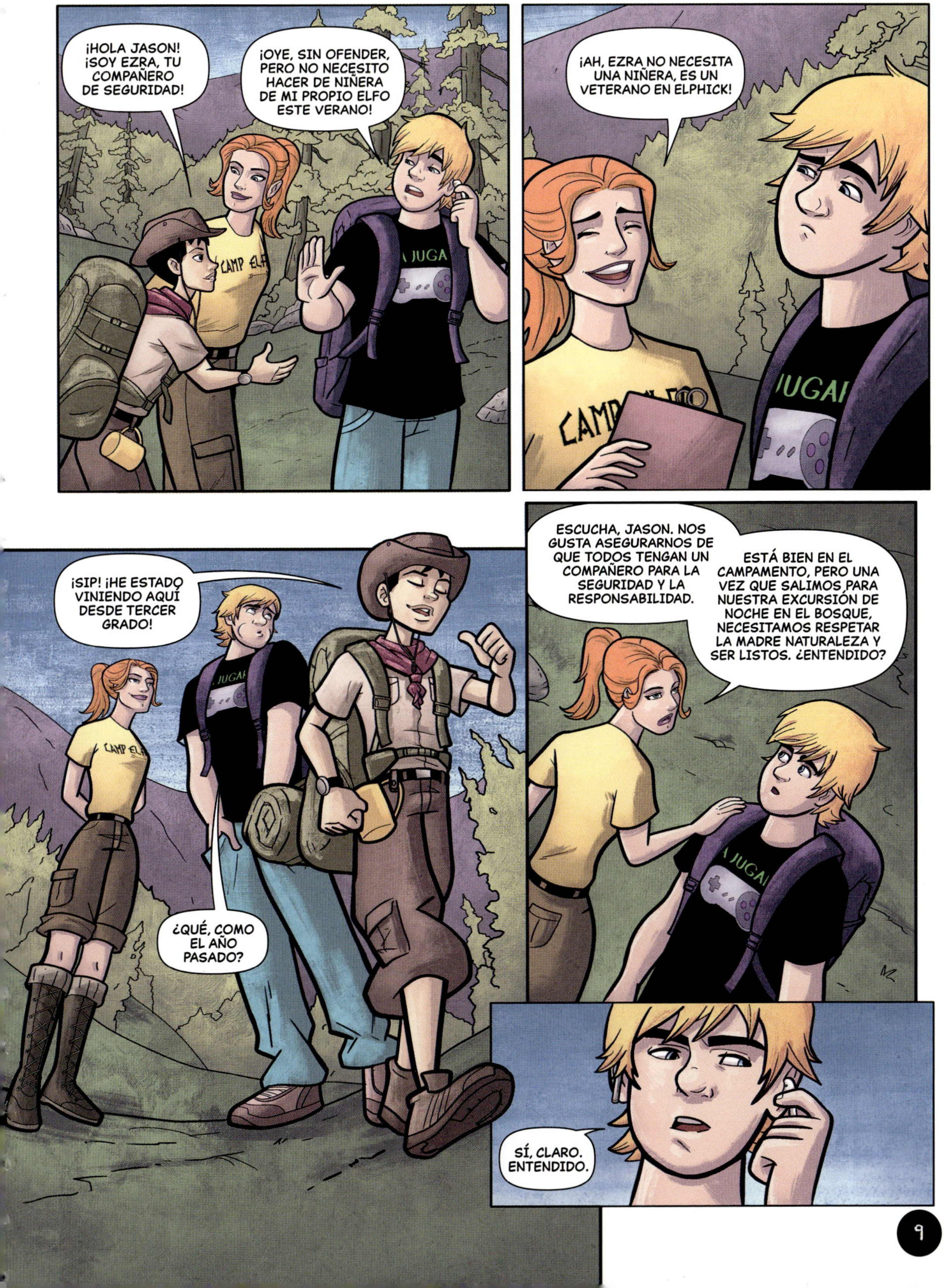
¡HOLA JASON! ¡SOY EZRA, TU COMPAÑERO DE SEGURIDAD!
¡OYE, SIN OFENDER, PERO NO NECESITO HACER DE NIÑERA DE MI PROPIO ELFO ESTE VERANO!
¡AH, EZRA NO NECESITA UNA NIÑERA, ES UN VETERANO EN ELPHICK!
¡SIP! ¡HE ESTADO VINIENDO AQUÍ DESDE TERCER GRADO!
¿QUÉ, COMO EL AÑO PASADO?
ESCUCHA, JASON. NOS GUSTA ASEGURARNOS DE QUE TODOS TENGAN UN COMPAÑERO PARA LA SEGURIDAD Y LA RESPONSABILIDAD.
ESTÁ BIEN EN EL CAMPAMENTO, PERO UNA VEZ QUE SALIMOS PARA NUESTRA EXCURSIÓN DE NOCHE EN EL BOSQUE, NECESITAMOS RESPETAR LA MADRE NATURALEZA Y SER LISTOS. ¿ENTENDIDO?
SÍ, CLARO. ENTENDIDO.

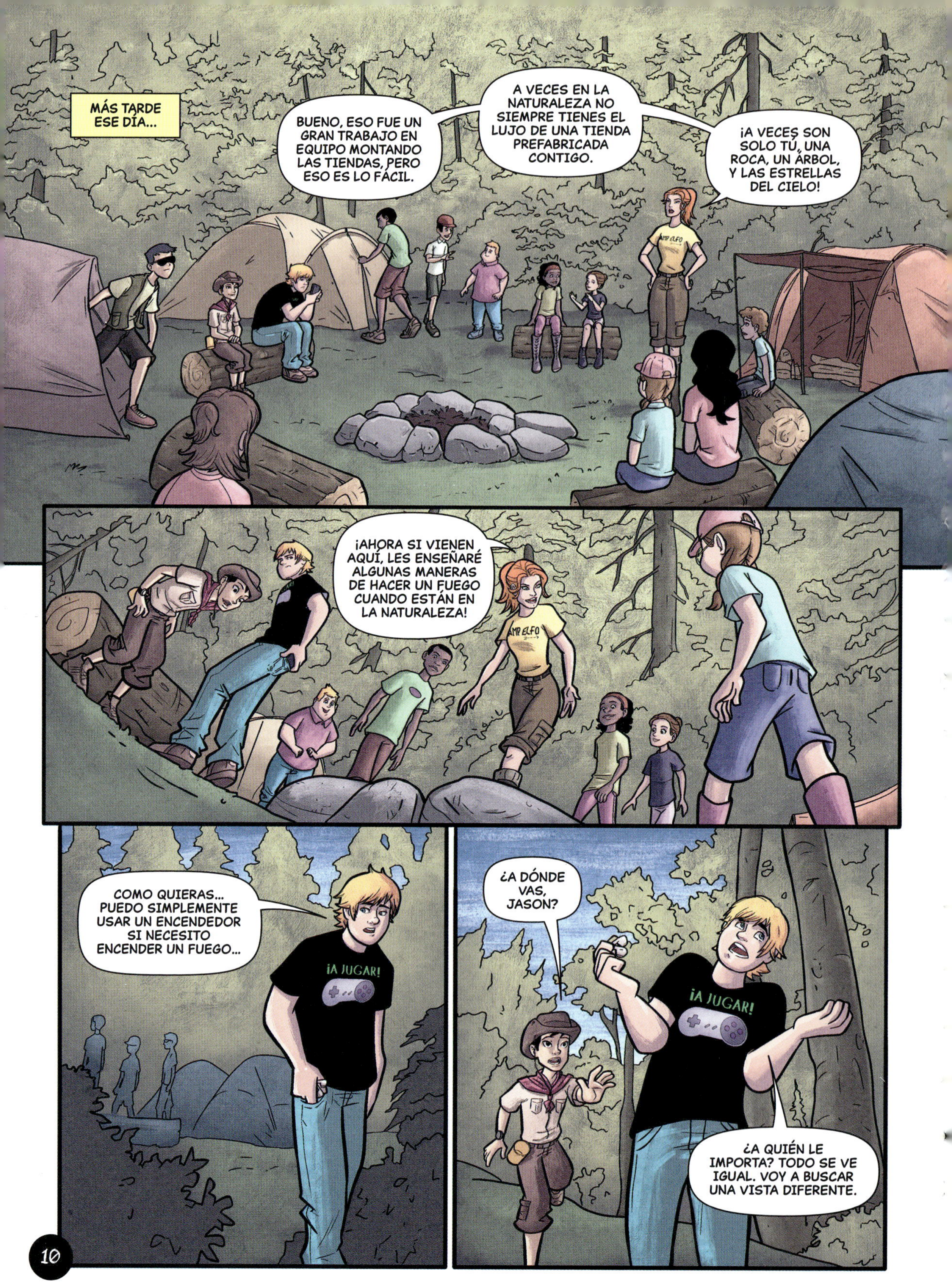
MÁS TARDE ESE DÍA...
BUENO, ESO FUE UN GRAN TRABAJO EN EQUIPO MONTANDO LAS TIENDAS, PERO ESO ES LO FÁCIL.
A VECES EN LA NATURALEZA NO SIEMPRE TIENES EL LUJO DE UNA TIENDA PREFABRICADA CONTIGO.
¡A VECES SON SOLO TÚ, UNA ROCA, UN ÁRBOL, Y LAS ESTRELLAS DEL CIELO!
¡AHORA SI VIENEN AQUÍ, LES ENSEÑARÉ ALGUNAS MANERAS DE HACER UN FUEGO CUANDO ESTÁN EN LA NATURALEZA!
COMO QUIERAS... PUEDO SIMPLEMENTE USAR UN ENCENDEDOR SI NECESITO ENCENDER UN FUEGO...
¡A JUGAR!
¿A DÓNDE VAS, JASON?
¡A JUGAR!
¿A QUIÉN LE IMPORTA? TODO SE VE IGUAL. VOY A BUSCAR UNA VISTA DIFERENTE.

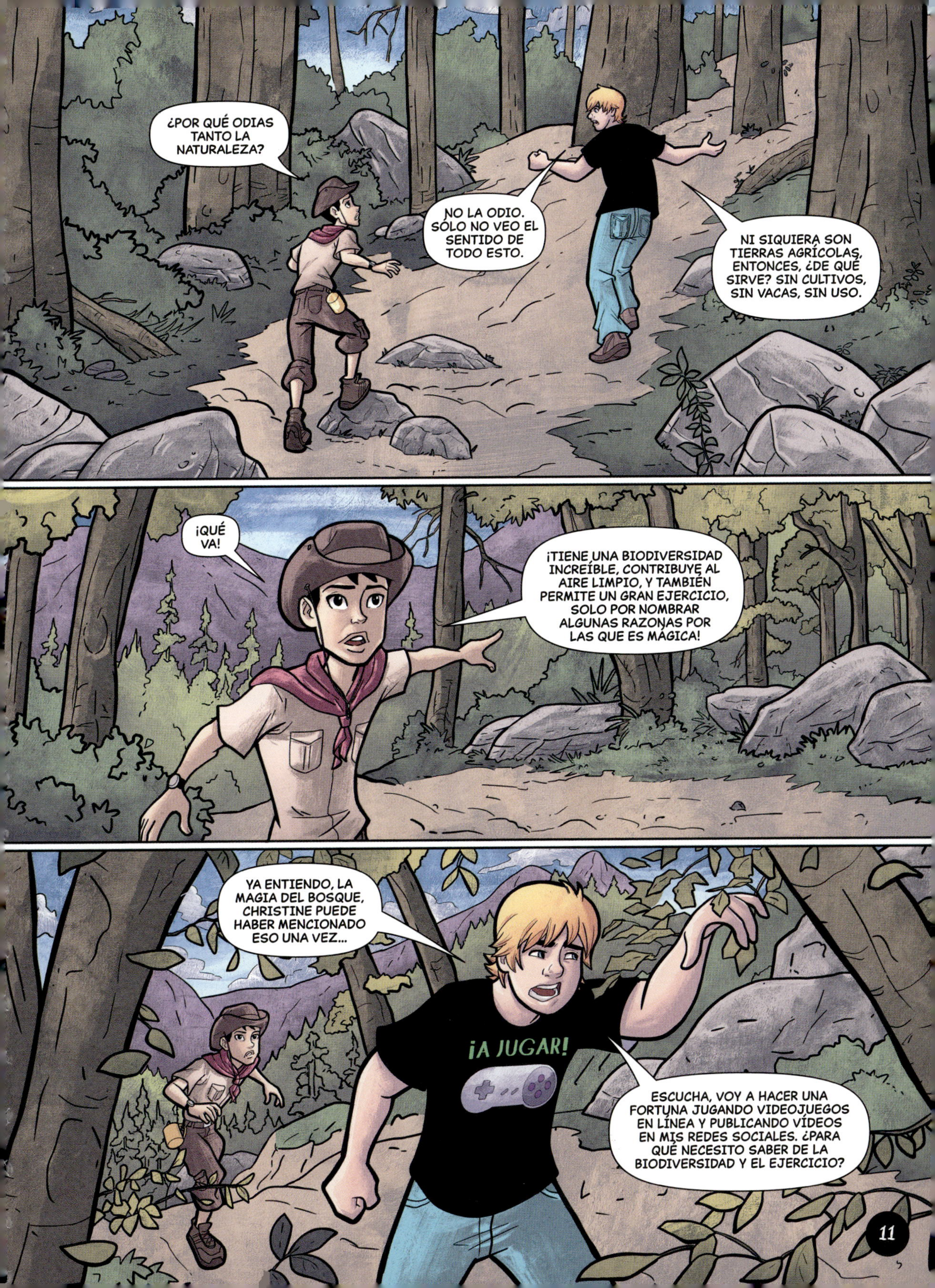
¿POR QUÉ ODIAS TANTO LA NATURALEZA?
NO LA ODIO. SOLO NO VEO EL SENTIDO DE TODO ESTO.
NI SIQUIERA SON TIERRAS AGRÍCOLAS, ENTONCES, ¿DE QUÉ SIRVE? SIN CULTIVOS, SIN VACAS, SIN USO.
¡QUÉ VA!
¡TIENE UNA BIODIVERSIDAD INCREÍBLE, CONTRIBUYE AL AIRE LIMPIO, Y TAMBIÉN PERMITE UN GRAN EJERCICIO, SOLO POR NOMBRAR ALGUNAS RAZONAS POR LAS QUE ES MÁGICA!
YA ENTIENDO, LA MAGIA DEL BOSQUE, CHRISTINE PUEDE HABER MENCIONADO ESO UNA VEZ...
¡A JUGAR!
ESCUCHA, VOY A HACER UNA FORTUNA JUGANDO VIDEOJUEGOS EN LÍNEA Y PUBLICANDO VIDEOS EN MIS REDES SOCIALES. ¿PARA QUÉ NECESITO SABER DE LA BIODIVERSIDAD Y EL EJERCICIO?

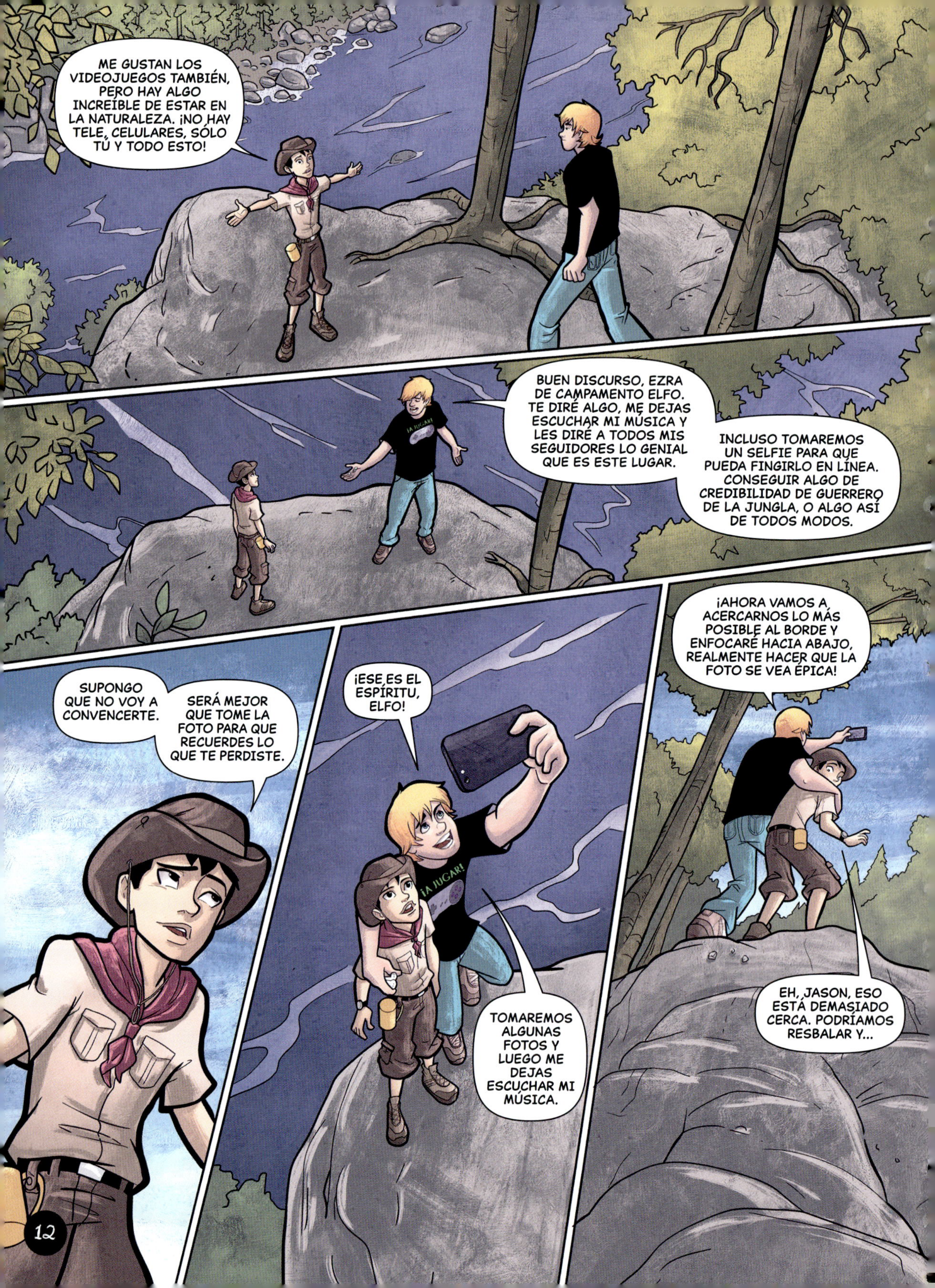
ME GUSTAN LOS VIDEOJUEGOS TAMBIÉN, PERO HAY ALGO INCREÍBLE DE ESTAR EN LA NATURALEZA. ¡NO HAY TELE, CELULARES, SÓLO TÚ Y TODO ESTO!
BUEN DISCURSO, EZRA DE CAMPAMENTO ELFO. TE DIRÉ ALGO, ME DEJAS ESCUCHAR MI MÚSICA Y LES DIRÉ A TODOS MIS SEGUIDORES LO GENIAL QUE ES ESTE LUGAR.
INCLUSO TOMAREMOS UN SELFIE PARA QUE PUEDA FINGIRLO EN LÍNEA. CONSEGUIR ALGO DE CREDIBILIDAD DE GUERRERO DE LA JUNGLA, O ALGO ASÍ DE TODOS MODOS.
¡A JUGAR!
SUPONGO QUE NO VOY A CONVENCERTE.
SERÁ MEJOR QUE TOME LA FOTO PARA QUE RECUERDES LO QUE TE PERDISTE.
¡ESE ES EL ESPÍRITU, ELFO!
¡A JUGAR!
TOMAREMOS ALGUNAS FOTOS Y LUEGO ME DEJAS ESCUCHAR MI MÚSICA.
¡AHORA VAMOS A ACERCARNOS LO MÁS POSIBLE AL BORDE Y ENFOCARÉ HACIA ABAJO, REALMENTE HACER QUE LA FOTO SE VEA ÉPICA!
EH, JASON, ESO ESTÁ DEMASIADO CERCA. PODRÍAMOS RESBALAR Y...

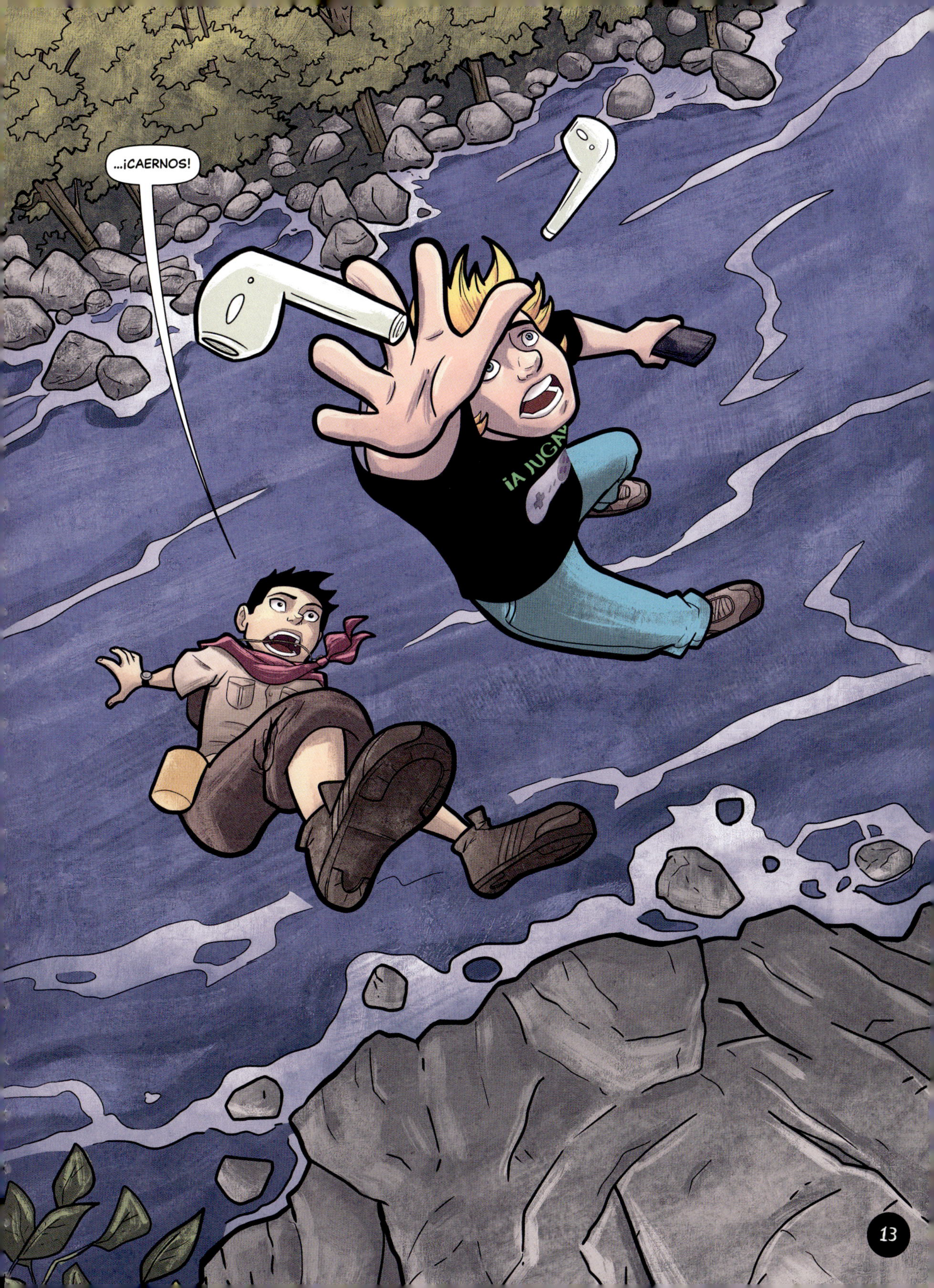
...¡CAERNOS!

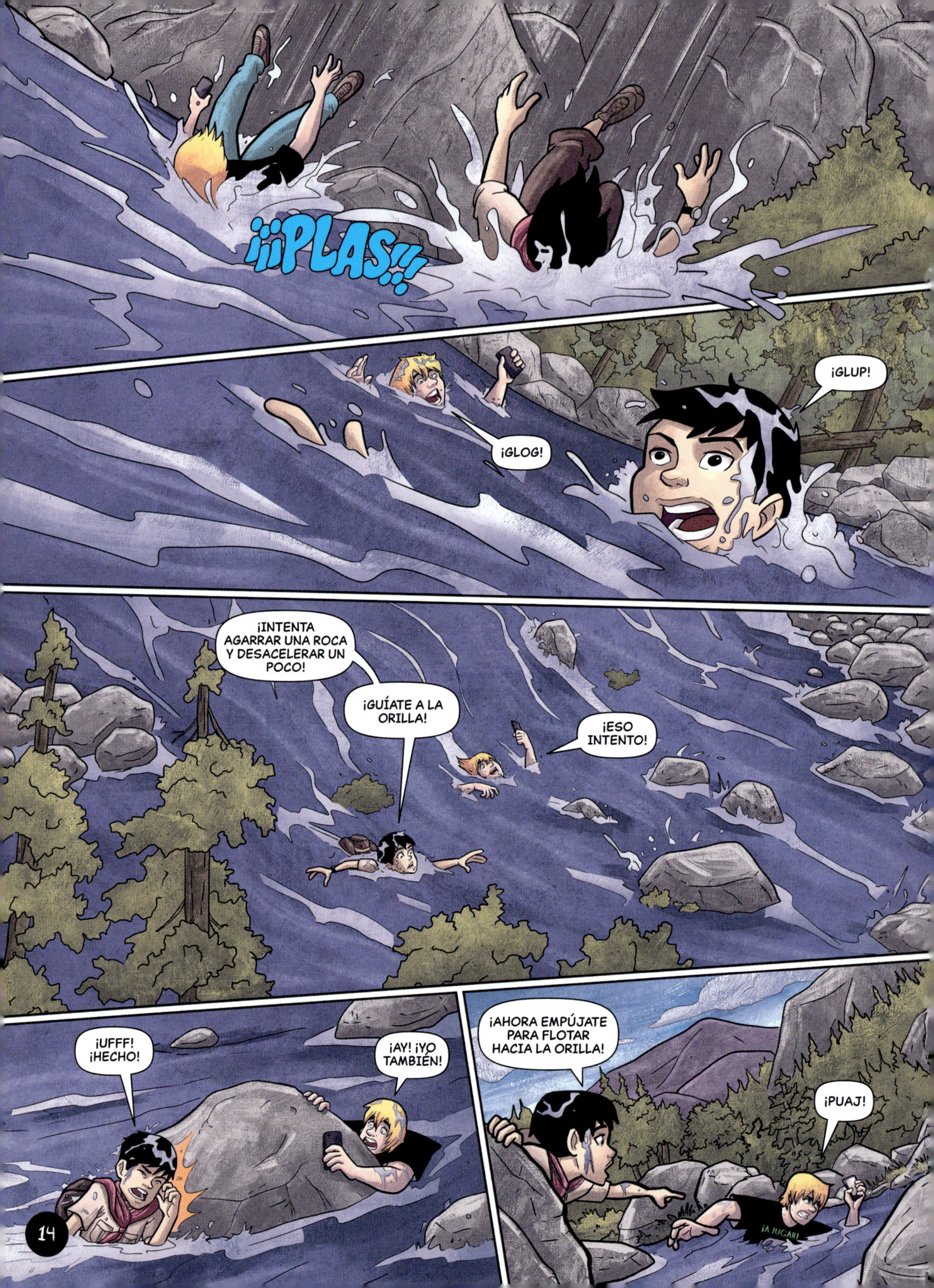
¡¡¡PLAS!!!
¡GLUP!
¡GLOG!
¡INTENTA AGARRAR UNA ROCA Y DESACELERAR UN POCO!
¡GUÍATE A LA ORILLA!
¡ESO INTENTO!
¡UFFF! ¡HECHO!
¡AY! ¡YO TAMBIÉN!
¡AHORA EMPÚJATE PARA FLOTAR HACIA LA ORILLA!
¡PUAJ!
¡A JUGAR!

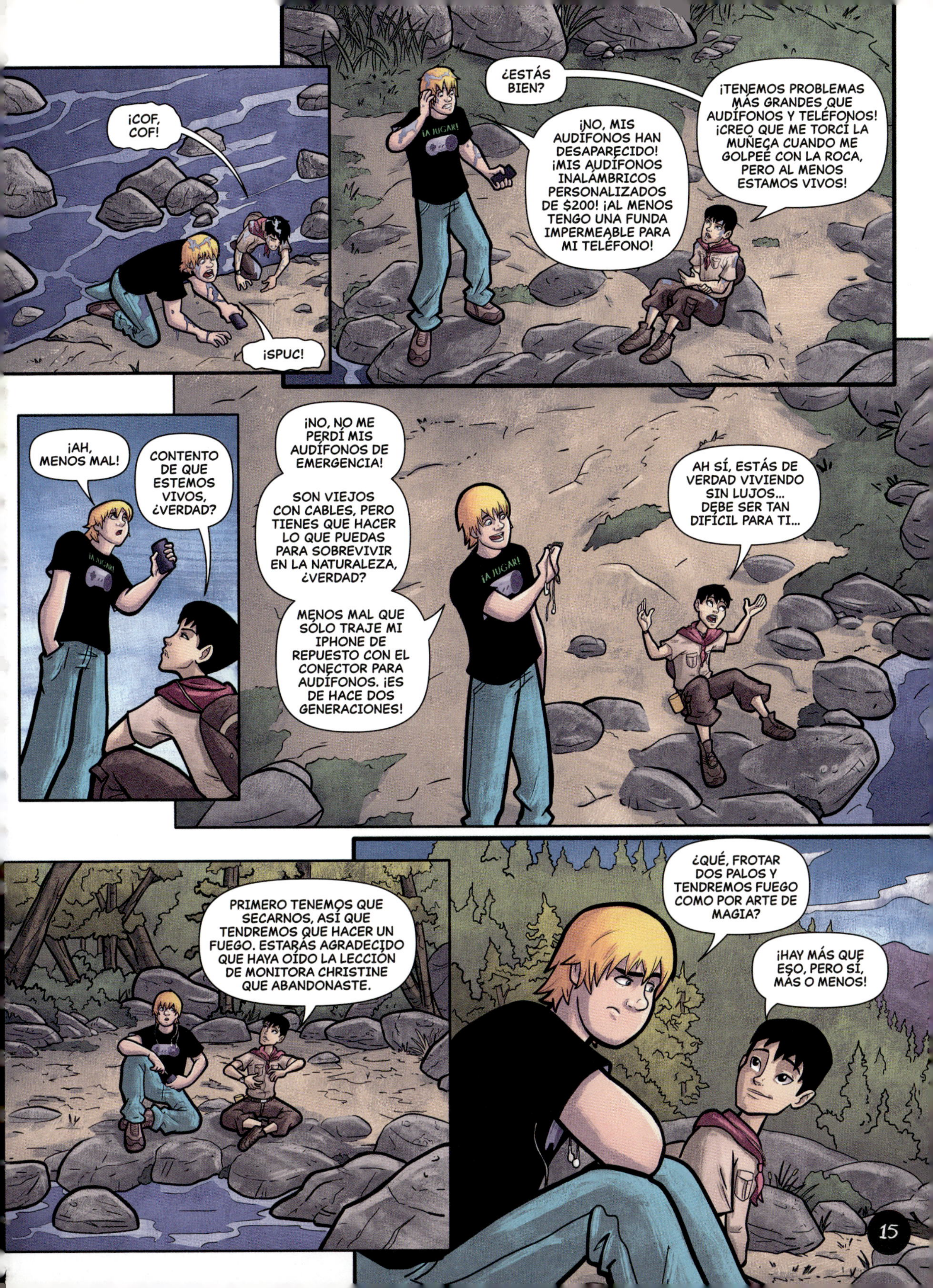

¡COF, COF!
¡SPUC!
¿ESTÁS BIEN?
¡NO, MIS AUDÍFONOS HAN DESAPARECIDO! ¡MIS AUDÍFONOS INALÁMBRICOS PERSONALIZADOS DE $200! ¡AL MENOS TENGO UNA FUNDA IMPERMEABLE PARA MI TELÉFONO!
¡TENEMOS PROBLEMAS MÁS GRANDES QUE AUDÍFONOS Y TELÉFONOS! ¡CREO QUE ME TORCÍ LA MUÑECA CUANDO ME GOLPEÉ CON LA ROCA, PERO AL MENOS ESTAMOS VIVOS!
¡A JUGAR!
¡AH, MENOS MAL!
CONTENTO DE QUE ESTEMOS VIVOS, ¿VERDAD?
¡NO, NO ME PERDÍ MIS AUDÍFONOS DE EMERGENCIA!
SON VIEJOS CON CABLES, PERO TIENES QUE HACER LO QUE PUEDAS PARA SOBREVIVIR EN LA NATURALEZA, ¿VERDAD?
MENOS MAL QUE SÓLO TRAJE MI IPHONE DE REPUESTO CON EL CONECTOR PARA AUDÍFONOS. ¡ES DE HACE DOS GENERACIONES!
AH SÍ, ESTÁS DE VERDAD VIVIENDO SIN LUJOS... DEBE SER TAN DIFÍCIL PARA TI...
PRIMERO TENEMOS QUE SECARNOS, ASÍ QUE TENDREMOS QUE HACER UN FUEGO. ESTARÁS AGRADECIDO QUE HAYA OÍDO LA LECCIÓN DE MONITORA CHRISTINE QUE ABANDONASTE.
¿QUÉ, FROTAR DOS PALOS Y TENDREMOS FUEGO COMO POR ARTE DE MAGIA?
¡HAY MÁS QUE ESO, PERO SÍ, MÁS O MENOS!

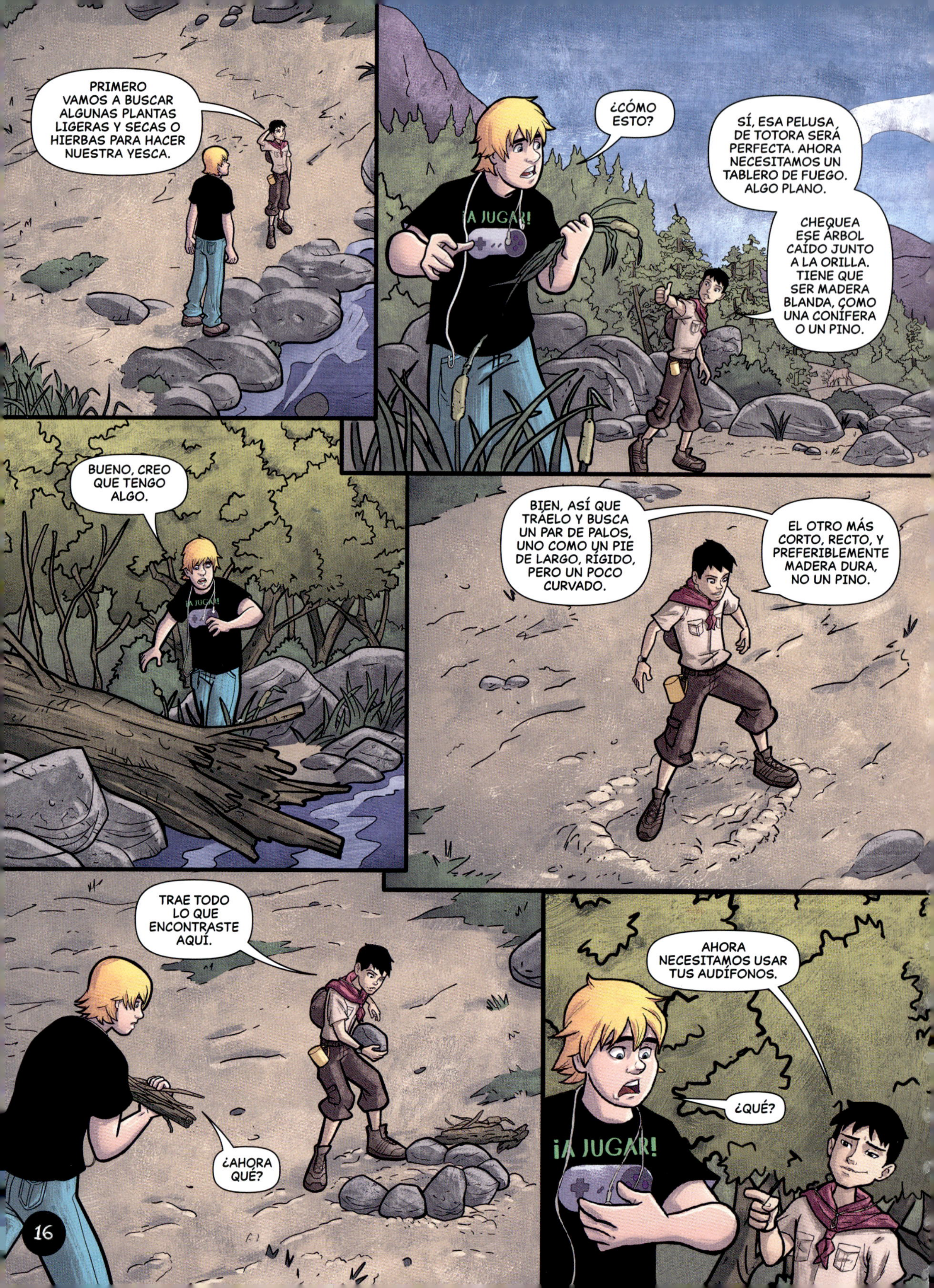
PRIMERO VAMOS A BUSCAR ALGUNAS PLANTAS LIGERAS Y SECAS O HIERBAS PARA HACER NUESTRA YESCA.
¿CÓMO ESTO?
¡A JUGAR!
SÍ, ESA PELUSA DE TOTORA SERÁ PERFECTA. AHORA NECESITAMOS UN TABLERO DE FUEGO. ALGO PLANO.
CHEQUEA ESE ÁRBOL CAÍDO JUNTO A LA ORILLA. TIENE QUE SER MADERA BLANDA, COMO UNA CONÍFERA O UN PINO.
BUENO, CREO QUE TENGO ALGO.
BIEN, ASÍ QUE TRÁELO Y BUSCA UN PAR DE PALOS, UNO COMO UN PIE DE LARGO, RÍGIDO, PERO UN POCO CURVADO.
EL OTRO MÁS CORTO, RECTO, Y PREFERIBLEMENTE MADERA DURA, NO UN PINO.
TRAE TODO LO QUE ENCONTRASTE AQUÍ.
¿AHORA QUÉ?
AHORA NECESITAMOS USAR TUS AUDÍFONOS.
¿QUÉ?
¡A JUGAR!

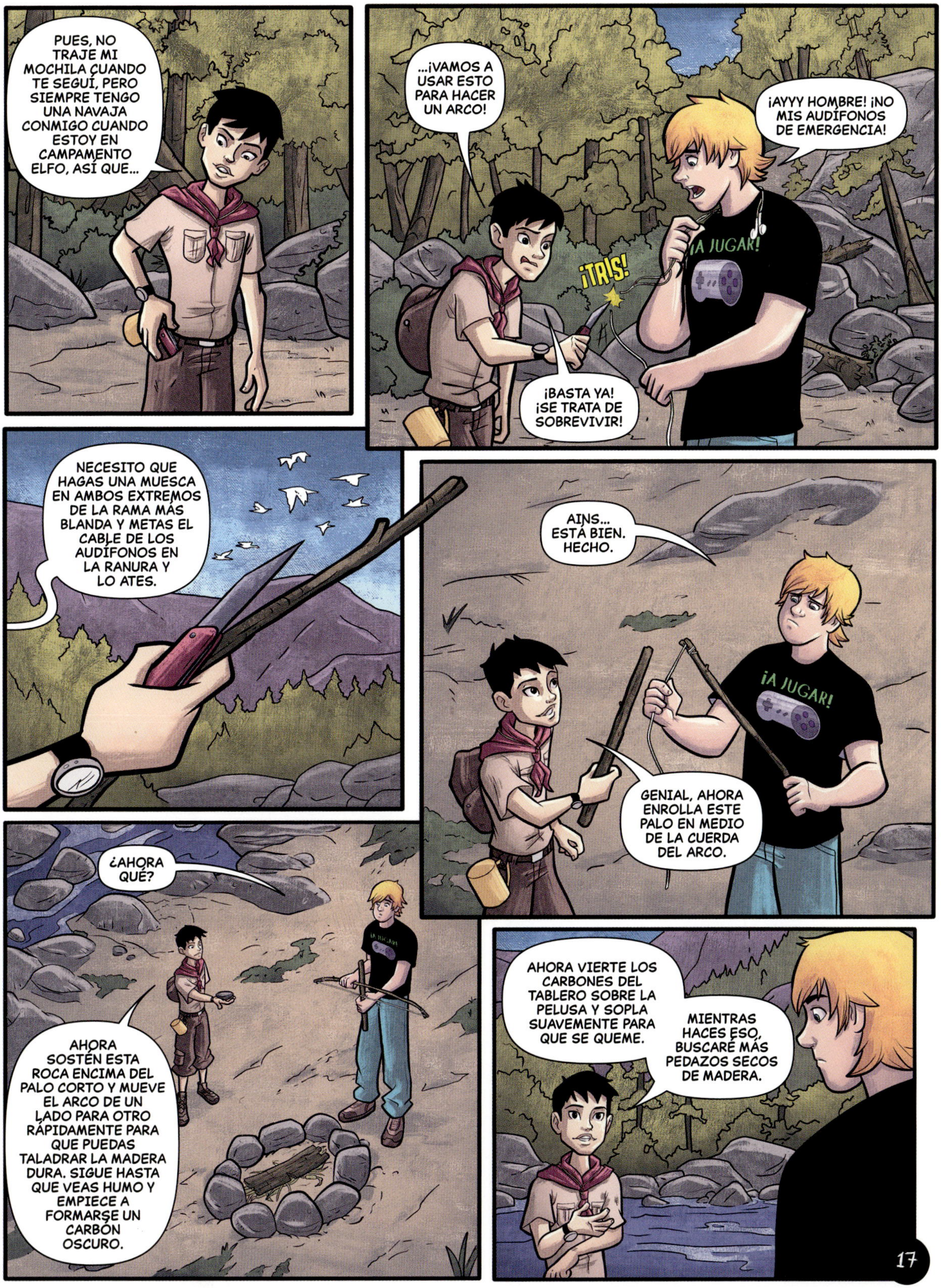
PUES, NO TRAJE MI MOCHILA CUANDO TE SEGUÍ, PERO SIEMPRE TENGO UNA NAVAJA CONMIGO CUANDO ESTOY EN CAMPAMENTO ELFO, ASÍ QUE...
...¡VAMOS A USAR ESTO PARA HACER UN ARCO!
¡AYYY HOMBRE! ¡NO MIS AUDÍFONOS DE EMERGENCIA!
¡TRIS!
¡BASTA YA! ¡SE TRATA DE SOBREVIVIR!
¡A JUGAR!
NECESITO QUE HAGAS UNA MUESCA EN AMBOS EXTREMOS DE LA RAMA MÁS BLANDA Y METAS EL CABLE DE LOS AUDÍFONOS EN LA RANURA Y LO ATES.
AINS... ESTÁ BIEN. HECHO.
¡A JUGAR!
GENIAL, AHORA ENROLLA ESTE PALO EN MEDIO DE LA CUERDA DEL ARCO.
¿AHORA QUÉ?
AHORA SOSTÉN ESTA ROCA ENCIMA DEL PALO CORTO Y MUEVE EL ARCO DE UN LADO PARA OTRO RÁPIDAMENTE PARA QUE PUEDAS TALADRAR LA MADERA DURA. SIGUE HASTA QUE VEAS HUMO Y EMPIECE A FORMARSE UN CARBÓN OSCURO.
AHORA VIERTE LOS CARBONES DEL TABLERO SOBRE LA PELUSA Y SOPLA SUAVEMENTE PARA QUE SE QUEME.
MIENTRAS HACES ESO, BUSCARÉ MÁS PEDAZOS SECOS DE MADERA.

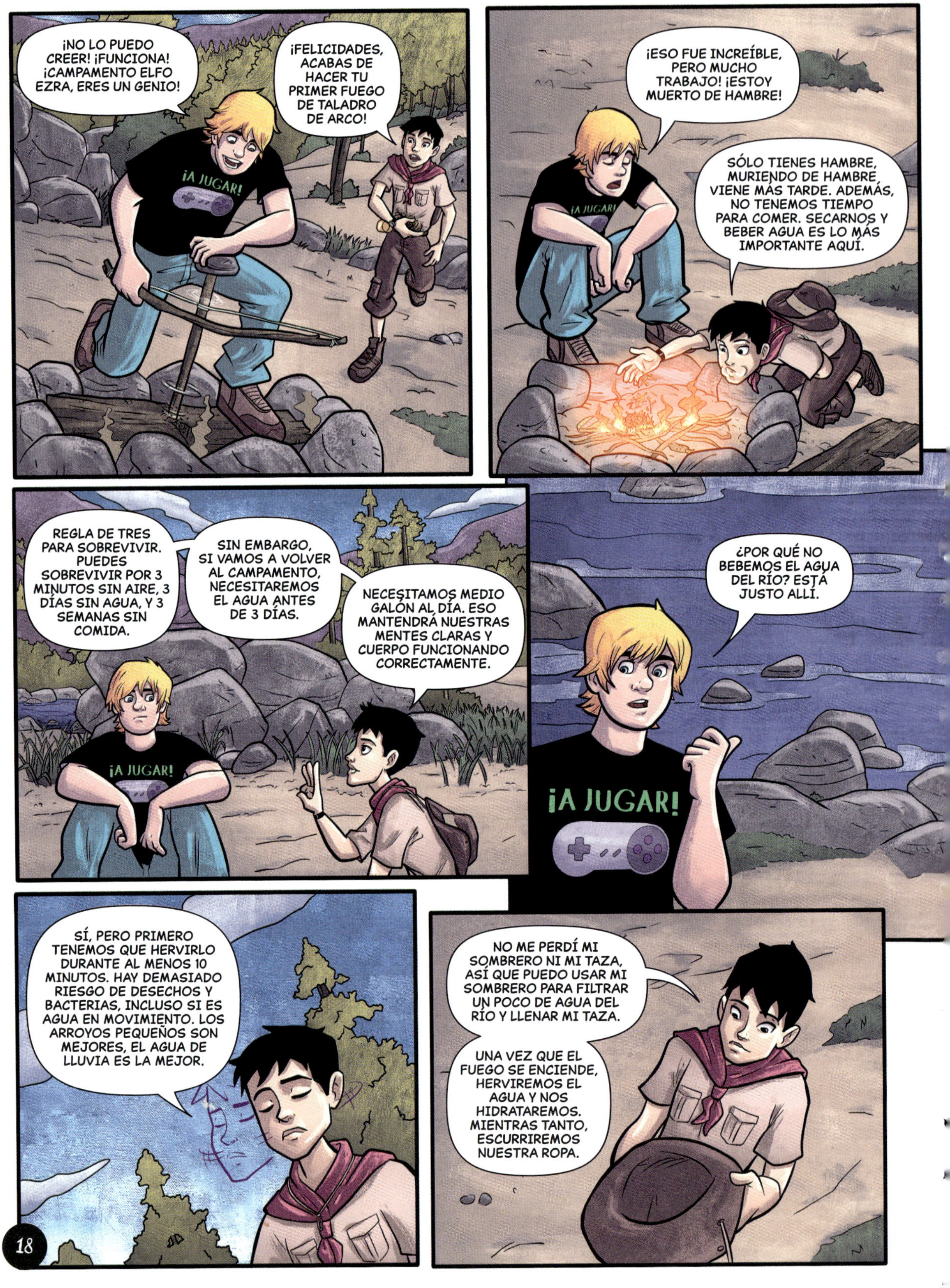

¡NO LO PUEDO CREER! ¡FUNCIONA! ¡CAMPAMENTO ELFO EZRA, ERES UN GENIO!
¡FELICIDADES, ACABAS DE HACER TU PRIMER FUEGO DE TALADRO DE ARCO!
¡A JUGAR!
¡ESO FUE INCREÍBLE, PERO MUCHO TRABAJO! ¡ESTOY MUERTO DE HAMBRE!
SÓLO TIENES HAMBRE, MURIENDO DE HAMBRE VIENE MÁS TARDE. ADEMÁS, NO TENEMOS TIEMPO PARA COMER. SECARNOS Y BEBER AGUA ES LO MÁS IMPORTANTE AQUÍ.
REGLA DE TRES PARA SOBREVIVIR. PUEDES SOBREVIVIR POR 3 MINUTOS SIN AIRE, 3 DÍAS SIN AGUA, Y 3 SEMANAS SIN COMIDA.
SIN EMBARGO, SI VAMOS A VOLVER AL CAMPAMENTO, NECESITAREMOS EL AGUA ANTES DE 3 DÍAS.
NECESITAMOS MEDIO GALÓN AL DÍA. ESO MANTENDRÁ NUESTRAS MENTES CLARAS Y CUERPO FUNCIONANDO CORRECTAMENTE.
¡A JUGAR!
¿POR QUÉ NO BEBEMOS EL AGUA DEL RÍO? ESTÁ JUSTO ALLÍ.
¡A JUGAR!
SÍ, PERO PRIMERO TENEMOS QUE HERVIRLO DURANTE AL MENOS 10 MINUTOS. HAY DEMASIADO RIESGO DE DESECHOS Y BACTERIAS, INCLUSO SI ES AGUA EN MOVIMIENTO. LOS ARROYOS PEQUEÑOS SON MEJORES, EL AGUA DE LLUVIA ES LA MEJOR.
NO ME PERDÍ MI SOMBRERO NI MI TAZA, ASÍ QUE PUEDO USAR MI SOMBRERO PARA FILTRAR UN POCO DE AGUA DEL RÍO Y LLENAR MI TAZA.
UNA VEZ QUE EL FUEGO SE ENCIENDE, HERVIREMOS EL AGUA Y NOS HIDRATAREMOS. MIENTRAS TANTO, ESCURRIREMOS NUESTRA ROPA.

MÁS TARDE...

¡CUANTO ME ALEGRO DE QUE YA NO ESTEMOS EMPAPADOS! ¡INCLUSO BAJO EL SOL HACÍA FRÍO! ¡SIGUE FILTRANDO ESA AGUA! ¡LA PRIMERA TAZA QUE BEBÍ ESTABA TIBIA, ASÍ QUE ESO TAMBIÉN ME AYUDÓ!

SÍ, ES SÚPER IMPORTANTE MANTENER EL CALOR CORPORAL. POR LA NOCHE HABRÍA SIDO MUCHO PEOR. SOBRE TODO PORQUE NO TENEMOS TIENDAS NI SACOS DE DORMIR.

NO QUIERO NI PENSAR EN LA NOCHE. ¿CÓMO ENCONTRAREMOS EL CAMINO DE VUELTA? MI TELÉFONO NI SIQUIERA TIENE SEÑAL PARA HACER UNA LLAMADA O USAR GPS.

BUENO, SON LAS 4 DE LA TARDE AHORA, Y EL SOL ESTÁ RÍO ABAJO, LO CUAL SIGNIFICA QUE ESTÁ EN EL OESTE PORQUE SE SALE EN EL ESTE.

ESPERA, ASÍ QUE SI NOS CAÍMOS AL RÍO EN EL MISMO LADO QUE SALIMOS...

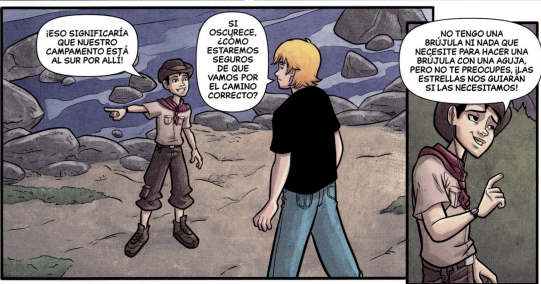

¡ESO SIGNIFICARÍA QUE NUESTRO CAMPAMENTO ESTÁ AL SUR POR ALLÍ!

SI OSCURECE, ¿CÓMO ESTAREMOS SEGUROS DE QUE VAMOS POR EL CAMINO CORRECTO?

NO TENGO UNA BRÚJULA NI NADA QUE NECESITE PARA HACER UNA BRÚJULA CON UNA AGUJA, PERO NO TE PREOCUPES, ¡LAS ESTRELLAS NOS GUIARÁN SI LAS NECESITAMOS!

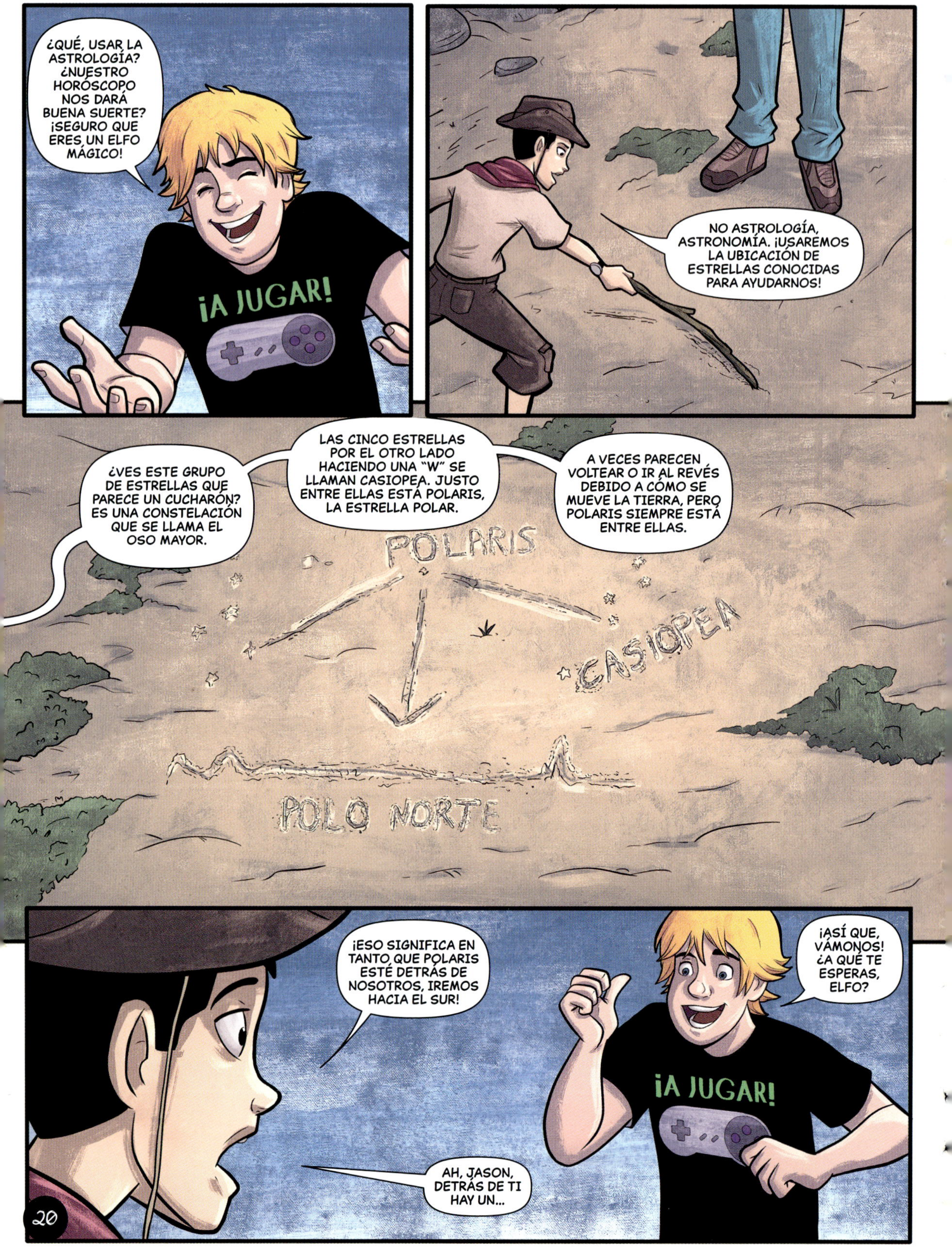
¿QUÉ, USAR LA ASTROLOGÍA? ¿NUESTRO HORÓSCOPO NOS DARÁ BUENA SUERTE? ¡SEGURO QUE ERES UN ELFO MÁGICO!
¡A JUGAR!
NO ASTROLOGÍA, ASTRONOMÍA. ¡USAREMOS LA UBICACIÓN DE ESTRELLAS CONOCIDAS PARA AYUDARNOS!
¿VES ESTE GRUPO DE ESTRELLAS QUE PARECE UN CUCHARÓN? ES UNA CONSTELACIÓN QUE SE LLAMA EL OSO MAYOR.
LAS CINCO ESTRELLAS POR EL OTRO LADO HACIENDO UNA "W" SE LLAMAN CASIOPEA. JUSTO ENTRE ELLAS ESTÁ POLARIS, LA ESTRELLA POLAR.
A VECES PARECEN VOLTEAR O IR AL REVÉS DEBIDO A CÓMO SE MUEVE LA TIERRA, PERO POLARIS SIEMPRE ESTÁ ENTRE ELLAS.
POLARIS
CASIOPEA
POLO NORTE
¡ESO SIGNIFICA EN TANTO QUE POLARIS ESTÉ DETRÁS DE NOSOTROS, IREMOS HACIA EL SUR!
¡ASÍ QUE, VÁMONOS! ¿A QUÉ TE ESPERAS, ELFO?
¡A JUGAR!
AH, JASON, DETRÁS DE TI HAY UN...

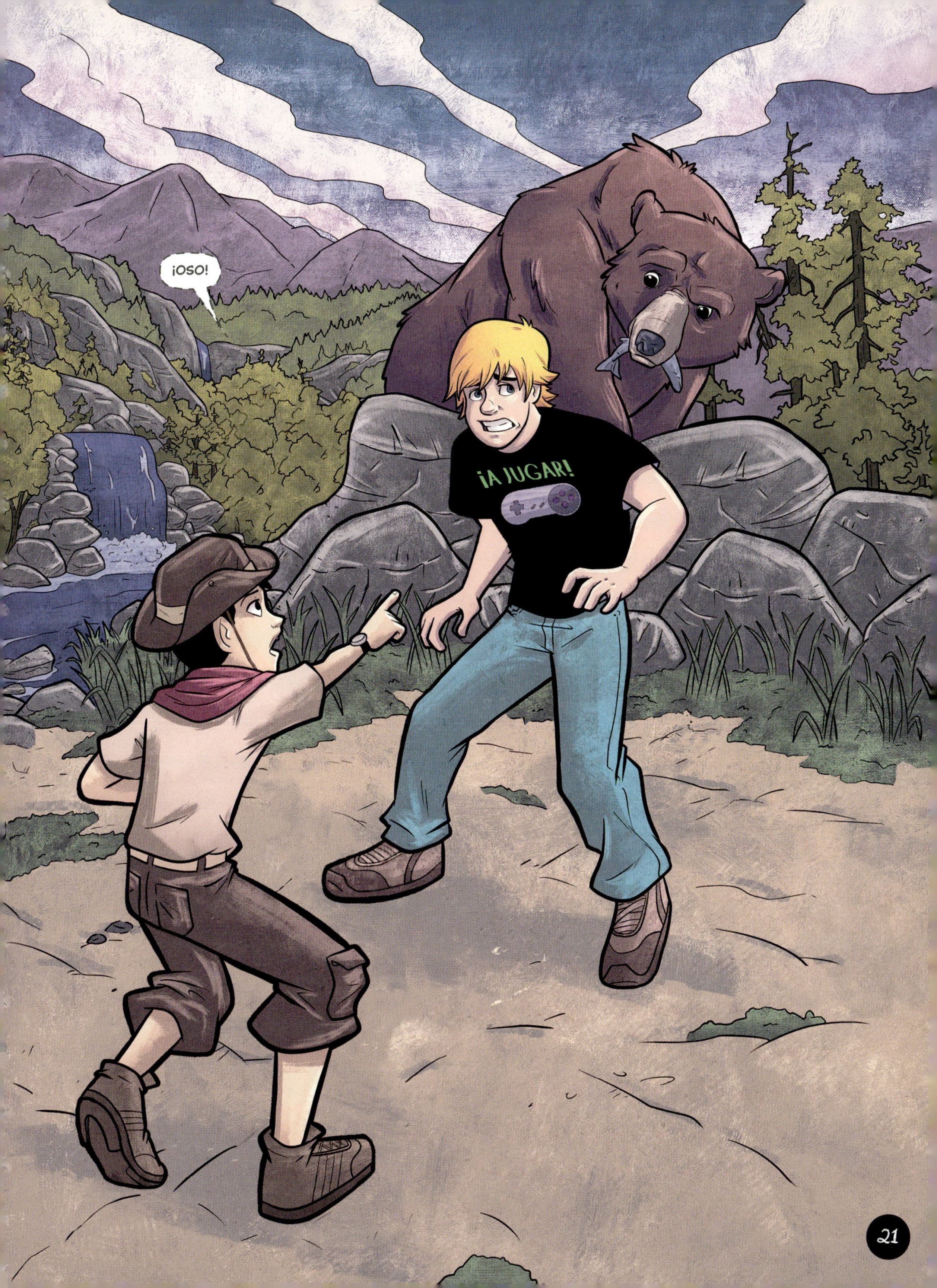
¡OSO!
¡A JUGAR!

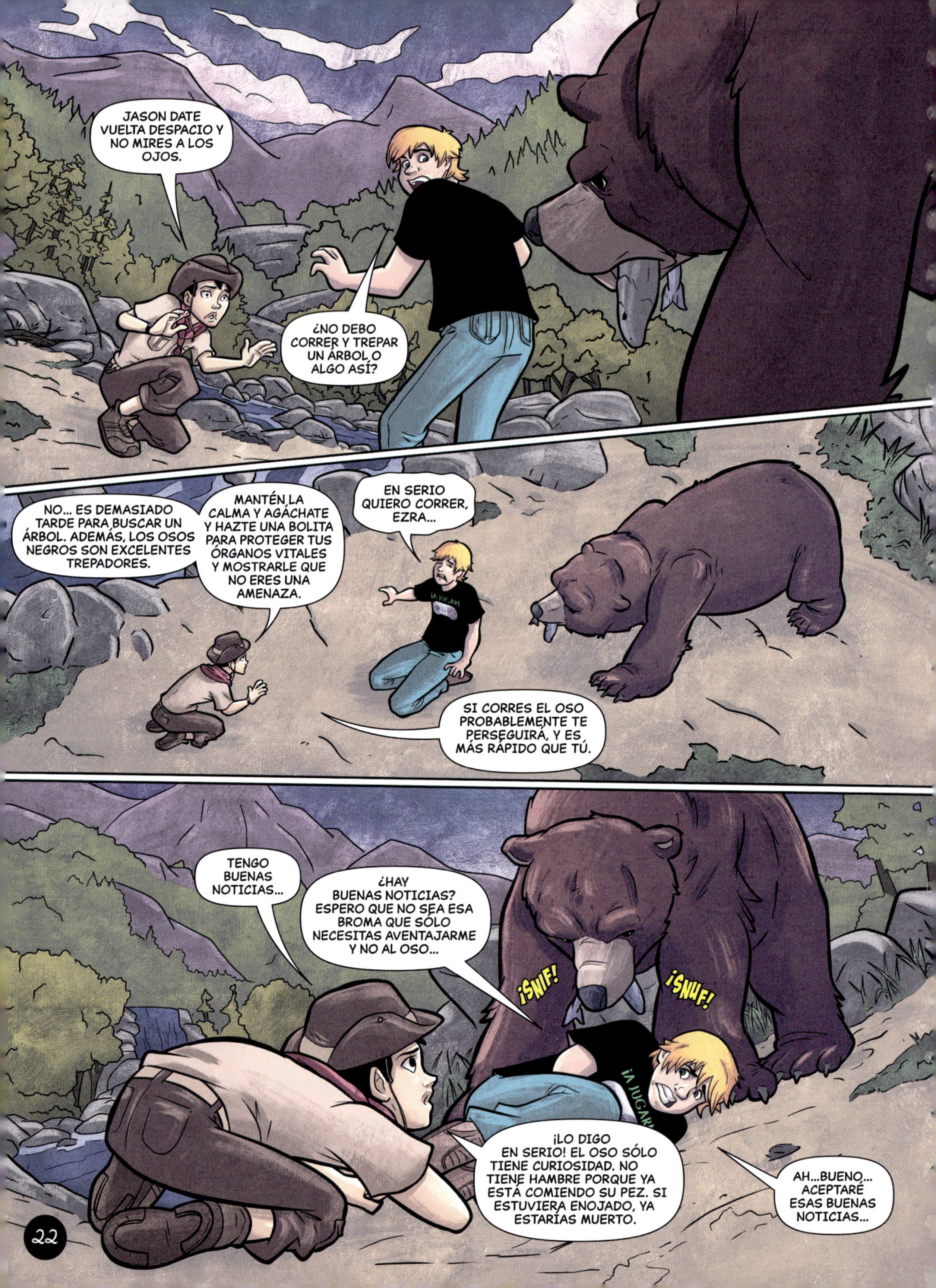
JASON DATE VUELTA DESPACIO Y NO MIRES A LOS OJOS.
¿NO DEBO CORRER Y TREPAR UN ÁRBOL O ALGO ASÍ?
NO... ES DEMASIADO TARDE PARA BUSCAR UN ÁRBOL. ADEMÁS, LOS OSOS NEGROS SON EXCELENTES TREPADORES.
MANTÉN LA CALMA Y AGÁCHATE Y HAZTE UNA BOLITA PARA PROTEGER TUS ÓRGANOS VITALES Y MOSTRARLE QUE NO ERES UNA AMENAZA.
EN SERIO QUIERO CORRER, EZRA...
SI CORRES EL OSO PROBABLEMENTE TE PERSEGUIRÁ, Y ES MÁS RÁPIDO QUE TÚ.
TENGO BUENAS NOTICIAS...
¿HAY BUENAS NOTICIAS? ESPERO QUE NO SEA ESA BROMA QUE SÓLO NECESITAS AVENTAJARME Y NO AL OSO...
¡SNIF!
¡SNUF!
¡LO DIGO EN SERIO! EL OSO SÓLO TIENE CURIOSIDAD. NO TIENE HAMBRE PORQUE YA ESTÁ COMIENDO SU PEZ. SI ESTUVIERA ENOJADO, YA ESTARÍAS MUERTO.
AH...BUENO... ACEPTARÉ ESAS BUENAS NOTICIAS...

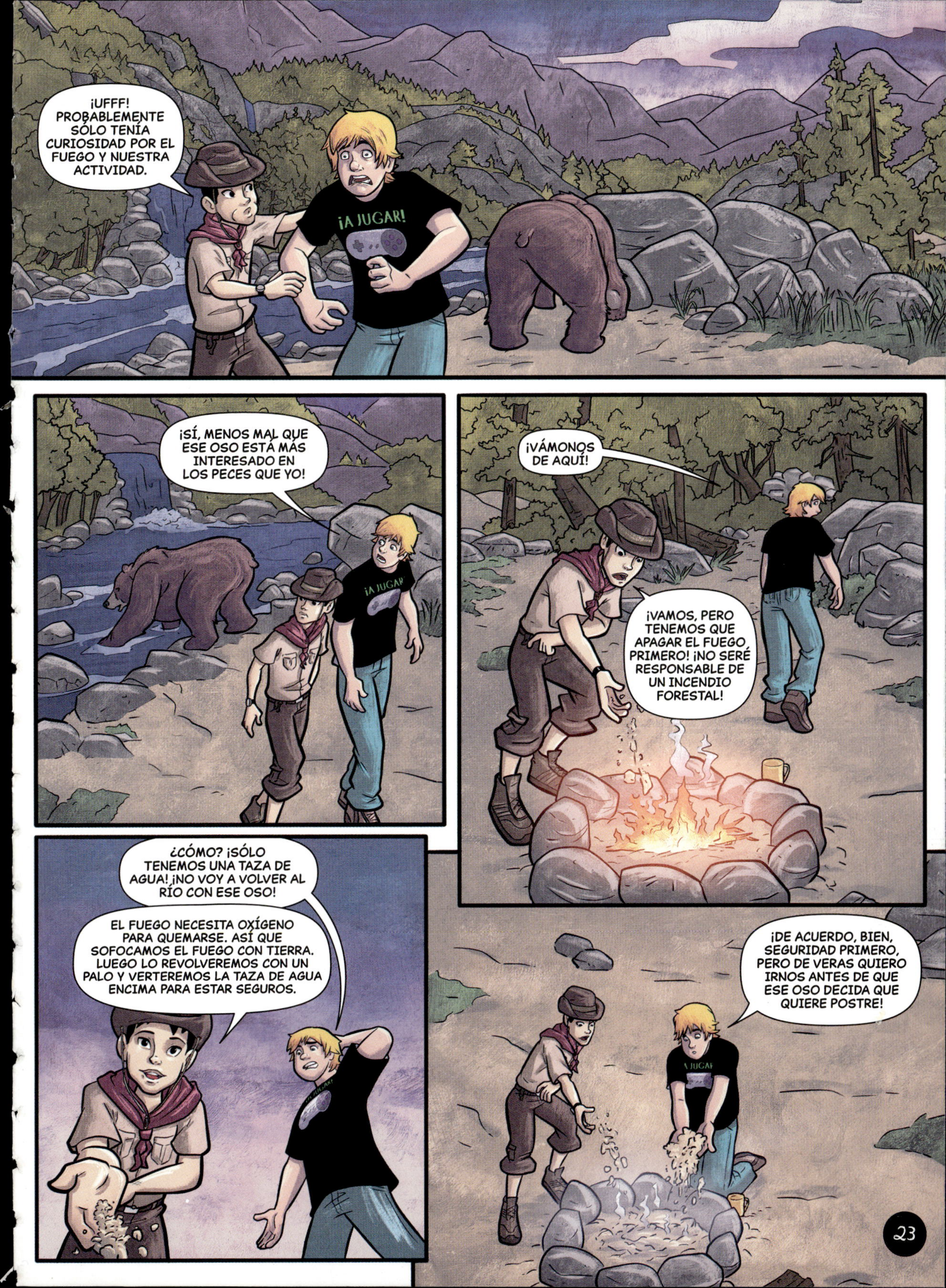
¡UFFF! PROBABLEMENTE SÓLO TENÍA CURIOSIDAD POR EL FUEGO Y NUESTRA ACTIVIDAD.
¡A JUGAR!
¡SÍ, MENOS MAL QUE ESE OSO ESTÁ MÁS INTERESADO EN LOS PECES QUE YO!
¡A JUGAR!
¡VÁMONOS DE AQUÍ!
¡VAMOS, PERO TENEMOS QUE APAGAR EL FUEGO PRIMERO! ¡NO SERÉ RESPONSABLE DE UN INCENDIO FORESTAL!
¿CÓMO? ¡SÓLO TENEMOS UNA TAZA DE AGUA! ¡NO VOY A VOLVER AL RÍO CON ESE OSO!
EL FUEGO NECESITA OXÍGENO PARA QUEMARSE. ASÍ QUE SOFOCAMOS EL FUEGO CON TIERRA. LUEGO LO REVOLVEREMOS CON UN PALO Y VERTEREMOS LA TAZA DE AGUA ENCIMA PARA ESTAR SEGUROS.
¡A JUGAR!
¡DE ACUERDO, BIEN, SEGURIDAD PRIMERO, PERO DE VERAS QUIERO IRNOS ANTES DE QUE ESE OSO DECIDA QUE QUIERE POSTRE!

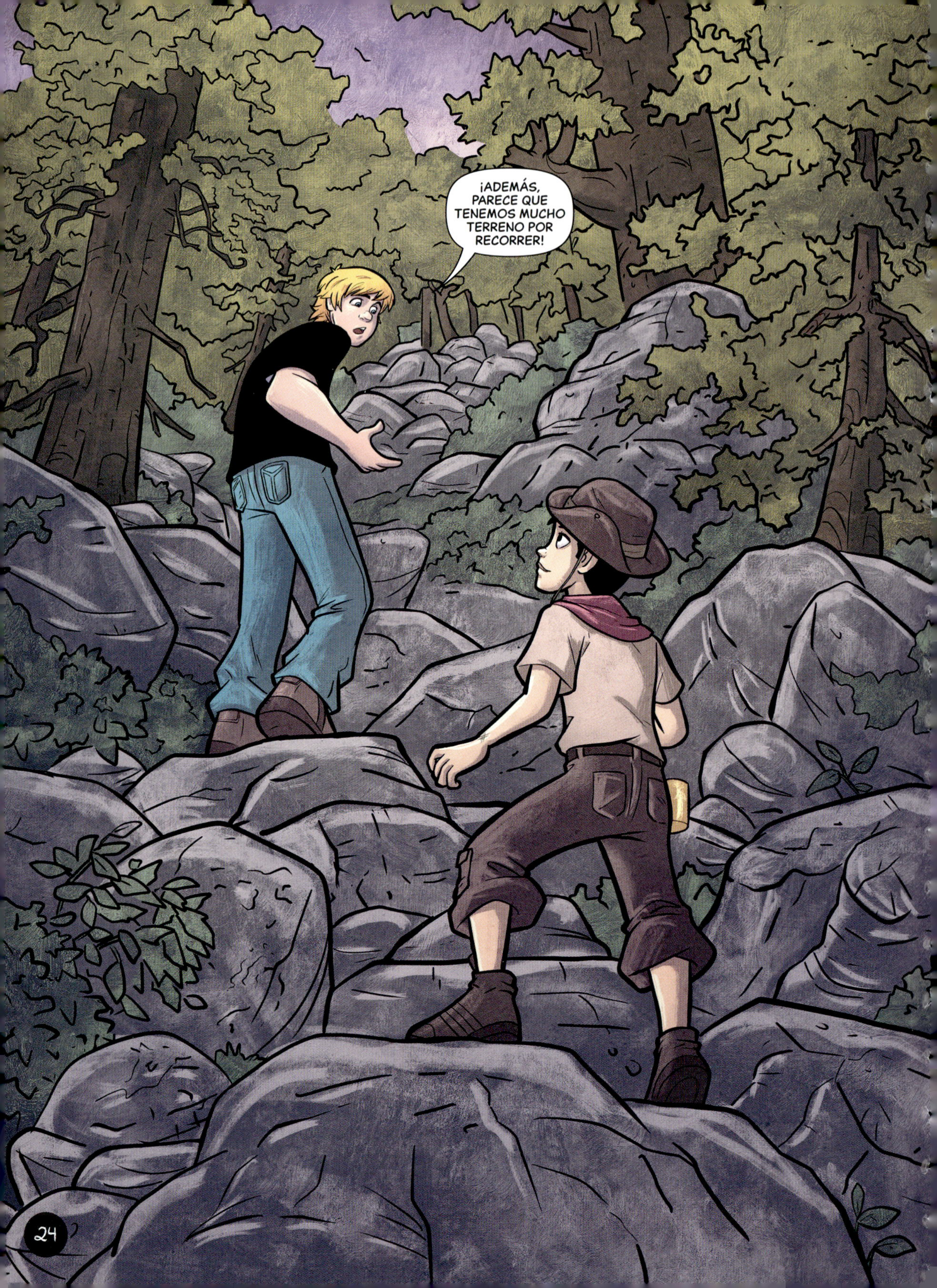
¡ADEMÁS, PARECE QUE TENEMOS MUCHO TERRENO POR RECORRER!

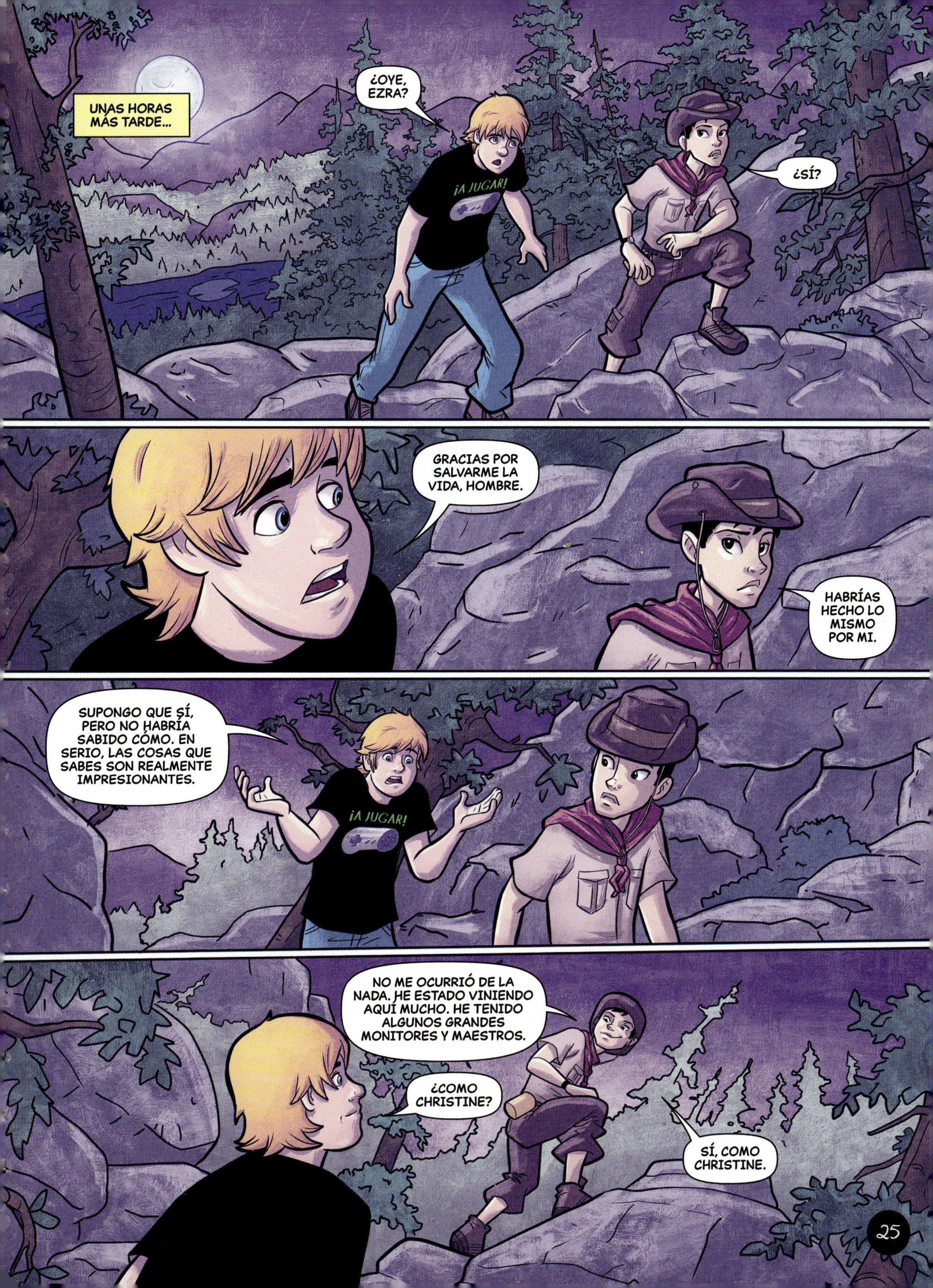
UNAS HORAS MÁS TARDE...
¿OYE, EZRA?
¿SÍ?
¡A JUGAR!
GRACIAS POR SALVARME LA VIDA, HOMBRE.
HABRÍAS HECHO LO MISMO POR MI.
SUPONGO QUE SÍ, PERO NO HABRÍA SABIDO CÓMO. EN SERIO, LAS COSAS QUE SABES SON REALMENTE IMPRESIONANTES.
¡A JUGAR!
NO ME OCURRIÓ DE LA NADA. HE ESTADO VINIENDO AQUÍ MUCHO. HE TENIDO ALGUNOS GRANDES MONITORES Y MAESTROS.
¿COMO CHRISTINE?
SÍ, COMO CHRISTINE.

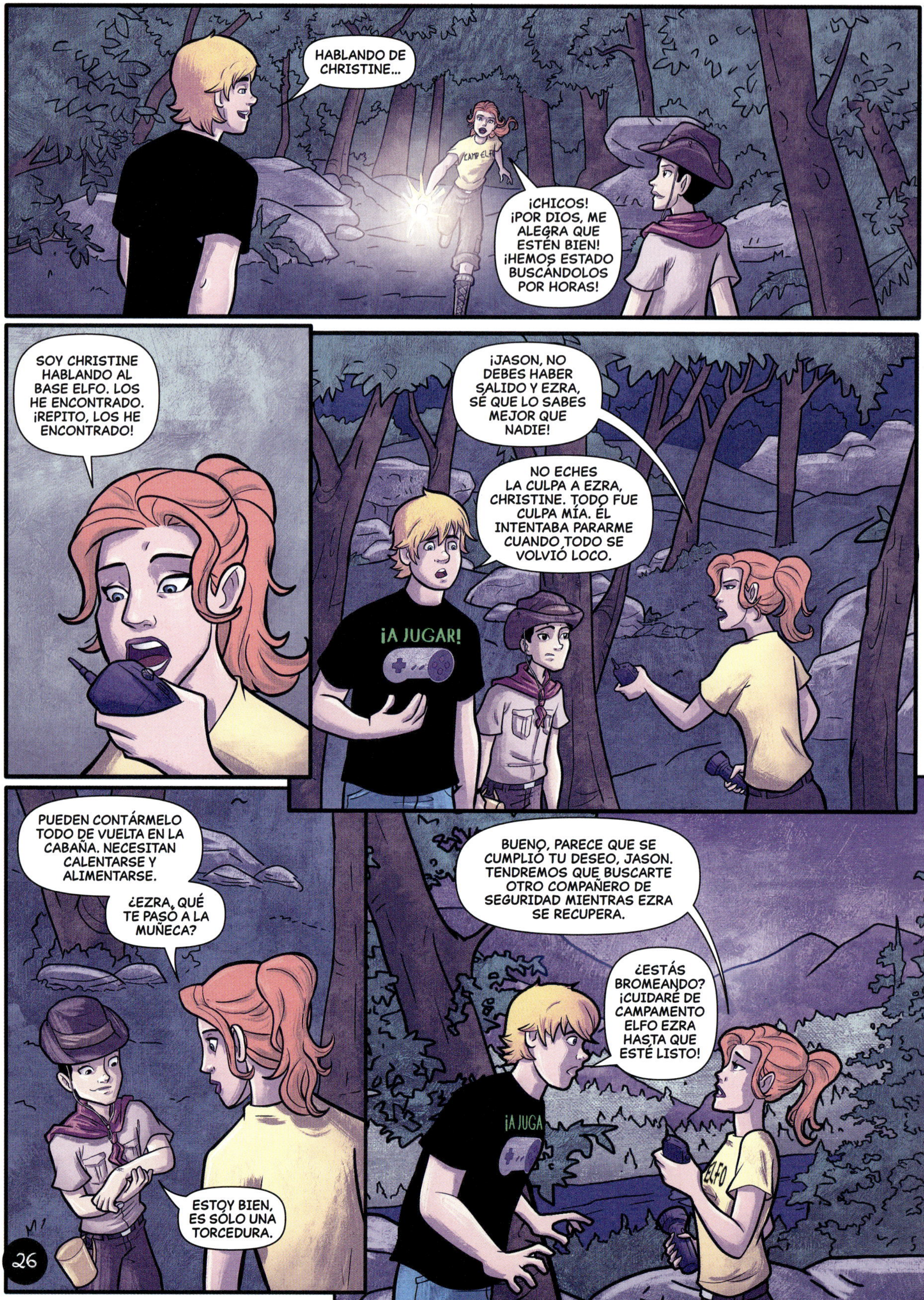

HABLANDO DE CHRISTINE...
¡CHICOS! ¡POR DIOS, ME ALEGRA QUE ESTÉN BIEN! ¡HEMOS ESTADO BUSCÁNDOLOS POR HORAS!
CAMP ELF
SOY CHRISTINE HABLANDO AL BASE ELFO. LOS HE ENCONTRADO. ¡REPITO, LOS HE ENCONTRADO!
¡JASON, NO DEBES HABER SALIDO Y EZRA, SÉ QUE LO SABES MEJOR QUE NADIE!
NO ECHES LA CULPA A EZRA, CHRISTINE. TODO FUE CULPA MÍA. ÉL INTENTABA PARARME CUANDO TODO SE VOLVIÓ LOCO.
¡A JUGAR!
PUEDEN CONTÁRMELO TODO DE VUELTA EN LA CABAÑA. NECESITAN CALENTARSE Y ALIMENTARSE.
¿EZRA, QUÉ TE PASÓ A LA MUÑECA?
ESTOY BIEN, ES SÓLO UNA TORCEDURA.
BUENO, PARECE QUE SE CUMPLIÓ TU DESEO, JASON. TENDREMOS QUE BUSCARTE OTRO COMPAÑERO DE SEGURIDAD MIENTRAS EZRA SE RECUPERA.
¿ESTÁS BROMEANDO? ¡CUIDARÉ DE CAMPAMENTO ELFO EZRA HASTA QUE ESTÉ LISTO!
¡A JUGA
ELFO

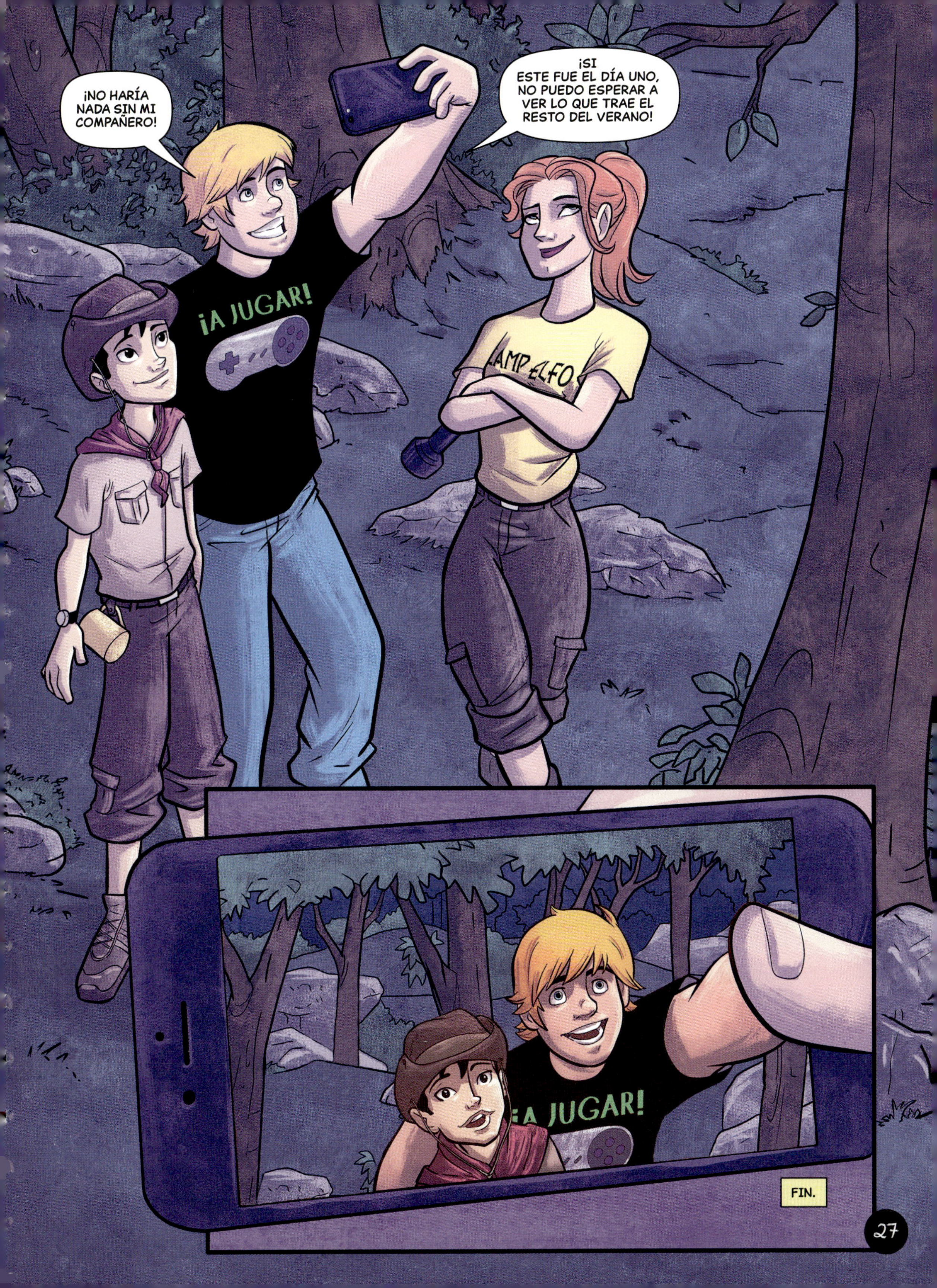

¡NO HARÍA NADA SIN MI COMPAÑERO!
¡SI ESTE FUE EL DÍA UNO, NO PUEDO ESPERAR A VER LO QUE TRAE EL RESTO DEL VERANO!
¡A JUGAR!
¡A JUGAR!
FIN.

Guía de sobrevivencia en el bosque

La regla del tres

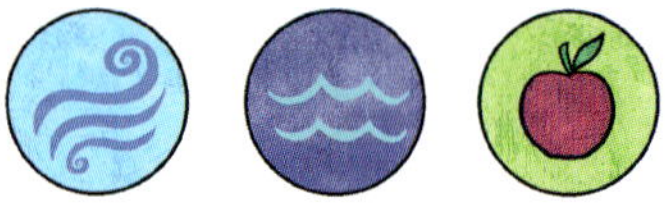

La gente necesita aire, comida, agua, y refugio para sobrevivir. Cuando estés en situaciones desesperadas, recuerda la regla del tres. Por lo general, el tiempo máximo que una persona debe pasar y todavía tener la función corporal es de tres minutos sin aire, tres horas sin refugio en un ambiente extremo, tres días sin agua, y tres semanas sin comida. Puede haber historias de sobrevivencia increíbles que difieren de estas pautas, pero la regla del tres es una buena regla general.

Hola hidratación

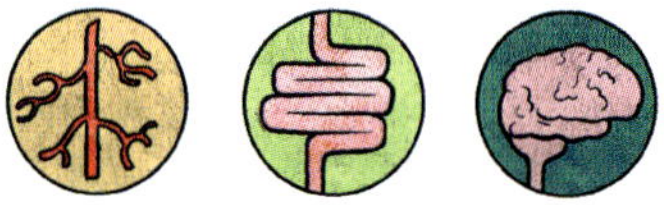

El agua potable limpia es crítica para la sobrevivencia humana. Mantiene que la sangre fluye bien, que el sistema digestivo funciona correctamente, y ayuda a mantener el cerebro enfocado y alerta. La persona promedio necesita aproximadamente medio galón (2 l) de agua al día dependiendo del nivel de actividad. Cuando estés en la naturaleza, intenta no beber agua estancada o de movimiento lento de estanques, lagos, o ríos. Las bacterias pueden formarse fácilmente en estas fuentes de agua. Los arroyos pequeños y fluyentes son mejores a medida que se forman menos bacterias. Recoger agua de lluvia es lo más seguro. Recoger la humedad mediante condensación es seguro, pero no tan rápido o fácil. Sin embargo, para estar seguro, siempre trata de filtrar y hervir el agua para eliminar los desechos y matar las bacterias. Hierve el agua filtrada por al menos 10 minutos y luego déjala enfriarse hasta que sea segura para beber.

La fricción es tu amigo

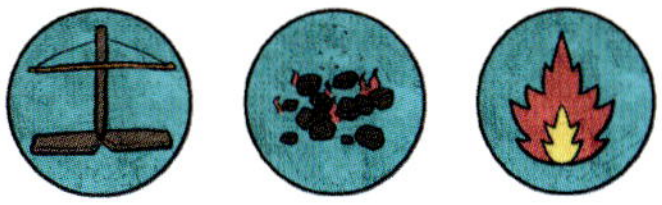

El fuego es crucial para mantenerse caliente y seco, hervir agua, y cocinar los alimentos. Al intentar encender un fuego, puedes usar el método del taladro de arco como en el cuento. O, sólo toma un palo duro y frótelo en una muesca de una madera más blanda. Como sea que lo hagas, el clave es usar la presión y el movimiento para hacer la madera lo suficientemente caliente como para hacer un carbón humeante y encendido. Ten un poco de leña seca lista para encender fuego. A continuación, sopla suavemente, ya que el fuego necesita oxígeno para quemarse. Siempre recuerda estar seguro haciendo una fogata lejos de la gente y otros objetos. Y apágalo totalmente al salir de un campamento.

Estrella clara, estrella brillante

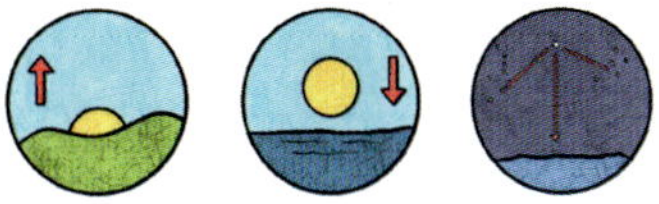

¡Saber dónde estás puede ayudar a mostrarte a dónde vas! Recuerda las direcciones cardinales. En una brújula, en sentido horario desde arriba son norte, este, sur, y oeste. Durante el día en América del Norte, el sol sale por el este y se pone por el oeste. Puedes utilizar la hora del día para ubicar las direcciones. Por la noche Polaris, la Estrella Polar, puede ayudar a guiarte. Sin embargo, si estás perdido no deberías vagar por el bosque de noche. Busca o haga un refugio, mantente hidratado, alimentado, caliente, y seguro. Descansa y usa tu energía durante el día cuando puedas ver.

Ojo al oso

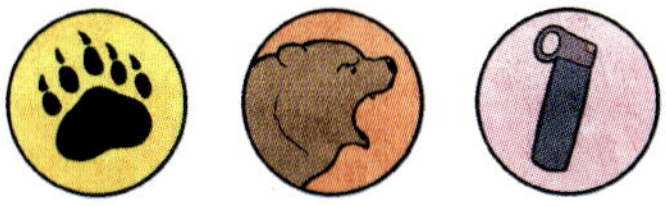

Los osos suelen atacar cuando se sienten amenazados, sorprendidos, o hambrientos. Lo mejor que puedes hacer es evitarlos. Al hacer senderismo en el bosque, lleva aerosol contra osos, un repelente de pimienta. Al caminar, grita de vez en cuando para evitar encontrarse con un oso. Si te encuentras con un oso, retrocede despacio y silenciosamente. Mantén la calma y dirígete en la dirección opuesta. Si te ataca, dobla los brazos para que los codos apunten hacia el estómago. Mantén los brazos pegados al cuerpo. Junta las rodillas con el estómago y baja la cabeza hasta el pecho. Haz todo lo posible para no dejar que ataque tus órganos vitales, y no contraataques. A menudo, los osos se irán una vez que hayan decidido que una persona no es una amenaza.

¿Y tú qué piensas?

¡A menudo, el conocimiento, la experiencia, y el coraje pueden ayudar a lograr muchas cosas sin importar cuán grande o pequeño seas!

- Describe un momento en el que no fuiste tomado en serio debido a tu tamaño o edad. ¿Cómo te hizo sentir? ¿Fuiste capaz de demostrar tu valor? ¿Cómo?

- ¿Con quién te identificas cuando se trata del aire libre y la naturaleza, Jason o Ezra? ¿Por qué te sientes así?

- ¿Por qué la perseverancia, la cooperación, y la paciencia serían rasgos de carácter importantes cuando se trata de sobrevivir al aire libre? Encuentra algunos ejemplos de la historia en los que éstos serían necesarios.

- ¿Por qué piensas que Jason dejó de llamar a Ezra "Elfo" al final de la historia? ¿Qué aprendió Jason? ¿Qué piensas que Ezra aprendió de Jason?

- Describe lo que piensas que sucedió con los chicos durante el resto del verano. ¿Por qué piensas así?

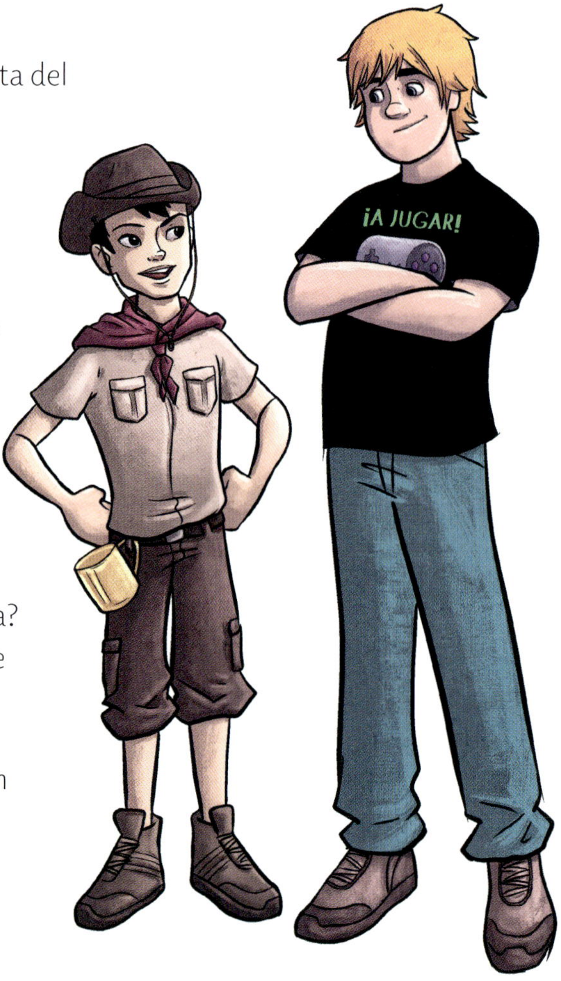
¡A JUGAR!

Trivia de sobrevivencia en el bosque

1. El escultismo les enseña a los niños y niñas sobre la naturaleza, el carácter, las habilidades de sobrevivencia, y las actividades al aire libre prácticas como la acampada, el senderismo, y la natación. El lema de los Boy Scouts es «Siempre listo». ¡Un buen consejo para cualquiera entrando en la naturaleza salvaje!

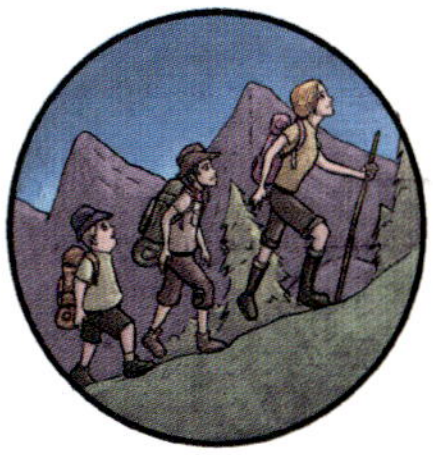

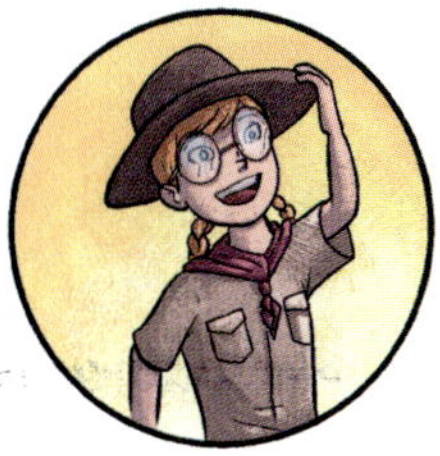

2. Las Girl Scouts comenzaron después de que su fundadora, Juliette Gordon Low, se reunió con Robert Baden-Powell, el fundador del escultismo, los Boy Scouts, y se inspiró para hacer lo mismo para chicas jóvenes.

3. W.C. Coleman desarrolló muchos artículos de acampada para el uso civil y militar como la linterna en 1905, la estufa para acampar en 1942, y la hielera en 1957.

4. Se cree que los s'mores, un postre, provienen de una receta de 1927 para «some mores», (que significa «un poco más»), de Loretta Scott Crew que los hizo para las Girl Scouts. ¡Quién sabía que casi un siglo más tarde la gente de todo el mundo seguiría pidiendo s'more (un poco más)!

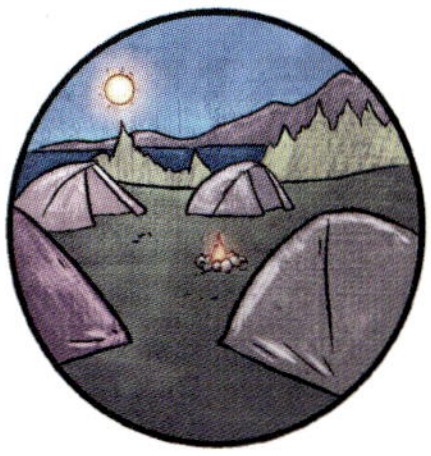

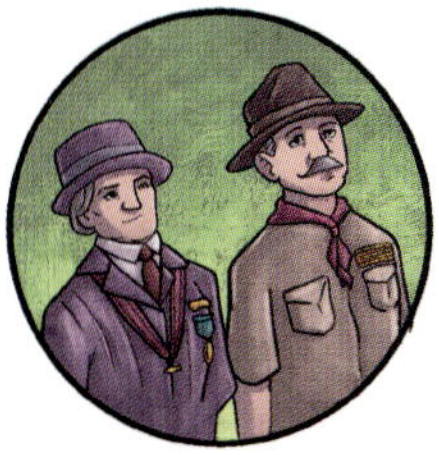

5. El Servicio Forestal de los Estados Unidos comenzó bajo el presidente Theodore Roosevelt en 1905. En 1916, el presidente Woodrow Wilson creó el Servicio de Parques Nacionales. Estas organizaciones protegen las áreas naturales donde la gente puede explorar y apreciar la naturaleza.

Glosario

- **astronomía** – el estudio de los objetos naturales encontrados en el espacio.
- **biodiversidad** – la variedad de animales y plantas en un área.
- **brújula** – un instrumento que utiliza la atracción magnética del polo norte de la Tierra para ayudar a determinar las direcciones cardinales: norte, sur, este, y oeste.
- **conífera** – generalmente conocida como un tipo de árbol que tienen conos y agujas en lugar de hojas, y se considera una madera más blanda.
- **credibilidad** – crédito de habilidades o experiencia para construir una reputación.
- **fricción** – el frotamiento entre dos objetos. Se utiliza para crear calor.
- **GPS** – el Sistema de Posicionamiento Global es una serie de satélites operados por la Fuerza Aérea de los Estados Unidos para ayudar a determinar la posición de uno en el planeta utilizando señales de dispositivos como autos y teléfonos.
- **leña** – material inflamable ligero y seco como palos, hierbas, o corteza de árboles.
- **órganos vitales** – partes internas importantes del cuerpo como el corazón, los pulmones, el cerebro, el hígado, y los riñones.
- **vivir sin lujos** – una frase que se refiere a sobrevivir sin mucha tecnología o artículos de la comodidad personal.

RECURSOS DE INTERNET

Booklinks
NONFICTION NETWORK
FREE! ONLINE NONFICTION RESOURCES

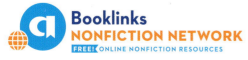

Para aprender más sobre la sobrevivencia en el bosque, por favor visita **abdobooklinks.com** o escanea este código QR. Estos enlaces son monitorizados y actualizados rutinariamente para proveer la información más actual disponible. Los recursos de internet están en inglés.